联韵汀州

LIAN YUN TING ZHOU

福建省长汀县文学艺术界联合会 ◎ 编

中国书籍出版社
China Book Press

图书在版编目（CIP）数据

联韵汀州 / 福建省长汀县文学艺术界联合会编. --北京：中国书籍出版社，2019.11
（古韵汀州旅游文化丛书 / 吕金淼主编）
ISBN 978-7-5068-7526-4

Ⅰ. ①联… Ⅱ. ①福… Ⅲ. ①对联–作品集–中国 Ⅳ. ①I269

中国版本图书馆CIP数据核字（2019）第254197号

联韵汀州
福建省长汀县文学艺术界联合会　编

责任编辑	张　娟　成晓春
责任印制	孙马飞　马　芝
出版发行	中国书籍出版社
地　　址	北京市丰台区三路居路97号（邮编：100073）
电　　话	（010）52257143（总编室）　（010）52257140（发行部）
电子邮箱	eo@chinabp.com.cn
经　　销	全国新华书店
印　　刷	四川科德彩色数码科技有限公司
开　　本	787mm×1092mm　1/16
字　　数	120千字
印　　张	10
版　　次	2019年11月第1版　2019年12月第1次印刷
书　　号	ISBN 978-7-5068-7526-4
定　　价	280.00（全5册）

版权所有　翻印必究

序

长汀，古称汀州，是国家历史文化名城、世界客家首府，有着厚重的文化积淀。从唐开元二十四年开始到清朝末年，一直是州、郡、路、府的治所。山城枕山临溪，犹如一颗璀璨的明珠，镶嵌在汀江之畔。宋朝汀州太守陈轩将之形象地描述为："一川远汇三溪水，千嶂深围四面城。"有着"十万人家溪两岸，绿杨深锁济川桥"的千年繁华。

在长汀这块神奇的土地上，散落着许许多多历史文化遗存：汀州古城核心区的一江两岸景区、四大历史文化街区。其中，包括国家历史文化名街店头街；国家历史文化名村三洲镇三州村、南山镇中复村；国家传统古村落三洲镇三州村、红山乡苏竹村、馆前镇坪铺村、南山镇中复村、古城镇丁黄村、四都镇汤屋村、童坊镇彭坊村、河田镇蔡坊村、南山镇桥下村、濯田镇水头村、濯田镇同睦村、铁长乡洋坊村……这些历史文化名村和传统古村落，就像是一颗颗璀璨的珍珠镶嵌在绿色的大山之中，无不闪耀着文化的光芒。楹联文化就是其中独具魅力的一部分。

传统的楹联文化完好传承了民族团结、耕读传家、崇文尚武、攻坚克难、顽强拼搏、开拓创新的客家精神，展示了各姓氏各宗族优秀的家风家训文化。在长汀境内各种文化和谐共生的背景之下，楹联文化作为精神信仰的结晶，来源于生活，根植于民间，是民族精神的重要见证。在历史长河中，楹联文化已然成为展现民族精神、传递进步思想的重要载体，点缀着山水人文景点，滋润着人们的心灵。

以楹联文化为代表的长汀民间传统文化，是长汀人民在漫长的生产实践中逐渐形成的，是中华民族优秀传统文化的组成部分，为民族团结、社会和谐做出了积极的贡献。长汀县文联组织编辑出版《联韵汀州》这本书，就是为了更好地传承这一优秀传统文化，为弘扬长汀历史、客家、红色、生态"四位一体"

文化增光添彩。希望 55 万长汀人民认真学习贯彻习近平新时代中国特色社会主义思想，继续发扬"滴水穿石，人一我十"的长汀精神，弘扬社会主义核心价值观，让优秀传统文化大放异彩，为实现"两个一百年"奋斗目标，实现中华民族伟大复兴的中国梦贡献智慧和力量！

北京闽西革命老区建设促进会会长：

目录 CONTENTS

序/上官世盘 ………………………………………… 001

第一辑　风景名胜楹联
汀州镇 ………………………………………… 003
大同镇 ………………………………………… 019
策武镇 ………………………………………… 027
庵杰乡 ………………………………………… 028
河田镇 ………………………………………… 029
红山乡 ………………………………………… 030
南山镇 ………………………………………… 030
三洲镇 ………………………………………… 031
四都镇 ………………………………………… 031
童坊镇 ………………………………………… 033
羊牯乡 ………………………………………… 033

第二辑　庙宇楹联
汀州镇 ………………………………………… 037
大同镇 ………………………………………… 045
策武镇 ………………………………………… 050
庵杰乡 ………………………………………… 051
古城镇 ………………………………………… 052
河田镇 ………………………………………… 055
红山乡 ………………………………………… 057
南山镇 ………………………………………… 057
三洲镇 ………………………………………… 060
四都镇 ………………………………………… 061
涂坊镇 ………………………………………… 065

童坊镇	065
铁长乡	067
新桥镇	069
宣成乡	070
濯田镇	072

第三辑　宗祠民居楹联

汀州镇	077
大同镇	085
策武镇	086
庵杰乡	088
馆前镇	088
河田镇	090
红山乡	096
南山镇	096
三洲镇	101
四都镇	109
涂坊镇	114
童坊镇	120
铁长乡	125
新桥镇	126
宣成乡	132
羊牯乡	134
濯田镇	136

附录：长汀县文化节点楹联征稿
　　　获奖作品 …………………… 145

后　记 …………………… 154

联韵汀州
LIAN YUN TING ZHOU

第一辑　风景名胜楹联

FENGJING MINGSHENG YINGLIAN

联韵汀州

LIAN YUN TING ZHOU

汀州镇

一江两岸景区
功勋坊楹联

旌自国家，操捷雪沙菱镜
建诸天地，微流壁水兰基

【典故】表彰来自国家，操守和文采像雪一样洁白，像沙海一样广袤，如映在有菱花的铜镜上可以让后世对照、学习；建立在天地间的功勋，源远流长，如壁水星宿护卫着国家，筑成了美好的基业。

大夫第楹联

升平人瑞

【释义】"升平"寓政通人和、盛世太平之意，"人瑞"是指人健康、长寿

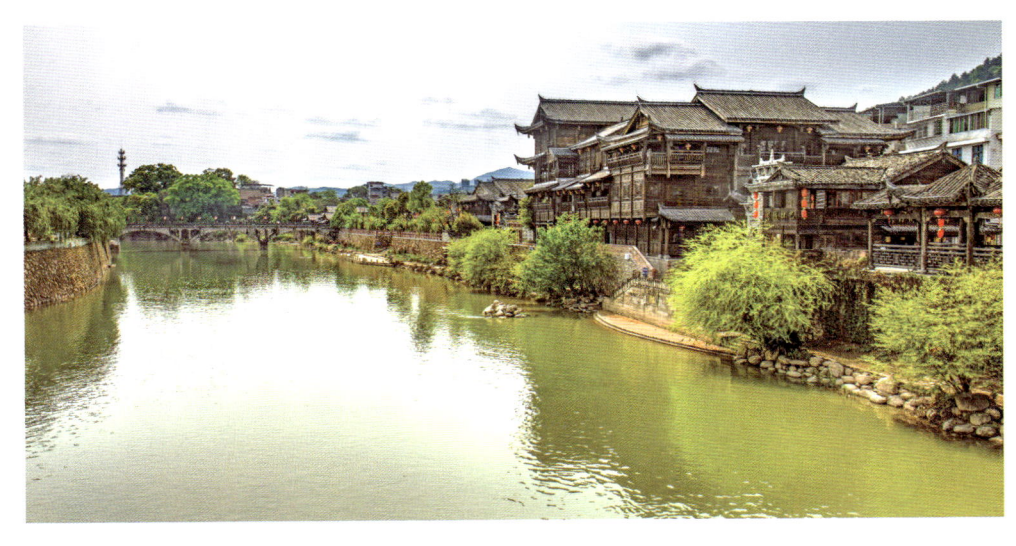

一江两岸/罗国富 摄

汀州大夫第/潘潘 摄

过百岁。升平人瑞牌匾又被用作尊老优老的标志，而百岁老人也被赋予国运和德治的象征意义。

惟吾德馨

【典故】语出唐代文学家刘禹锡《陋室铭》，意思是只有我（泛指来我房子里的人、我的同类）的品德是高尚的。

观五岳而知众山小
凡百川咸于大海归

【释义】看过了五岳就知道很多的山不是很高，凡是河流最终都要流到大海里。

恩泽流光

【释义】 上天的恩惠润泽源流长远，光裕后世。

盛朝宾臣

【释义】 盛世值得尊敬的国家栋梁。

宝鼎呈祥香结彩
银台报喜烛生花

【释义】 这是一对喜联，一般用于婚庆之时。

光风霁月

【释义】 形容雨过天晴时万物明净的景象，也比喻开阔的胸襟和心地。

山川明秀

【释义】 青山绿水非常明朗秀丽，指风景非常优美。

圜桥人瑞

【释义】 "圜"同"环"，圜桥表示非常繁华的地方；人瑞，表示人们安详、幸福。整个词语表示盛世太平，人们幸福。

绛甲长春

【释义】 "绛甲"指年龄超过一甲子的高寿老人，祝贺长寿，青春永驻。

极婺联辉

【释义】 "极"，北极星；"婺"是古星名，即"女宿"，旧时用作对妇人的颂词，如"婺焕中天"；联辉，同时熠熠生辉，光彩照人。此匾送给夫妇二人，祝他们像极、婺二星共同散发出光彩，福寿延绵。

椿萱并茂

【释义】 椿：多年生落叶乔木；萱：古人以为可以使人忘忧的萱草。椿萱：

喻父母，古称父为"椿庭"，母为"萱堂"。比喻父母健在。

协仪流芳
【释义】 符合礼仪的家风流传久远。

春华堂
【释义】 春华表示春天的花开得茂盛又美丽，堂一般指比较庄重的场所。

品兴行端
【释义】 好的品德流行，行为举止端庄得体，表示有教养的家风。

和气如春
【释义】 祥和的气氛像春天一样温馨。

望重卣岩
【释义】 卣（yǒu），古代祭祀用的酒器；岩，同严，庄重。表示德高望重，身份尊崇。

一行雁序登云路
十样鸾笺造凤楼
【典故】 雁序，指兄弟长幼有序。上联指兄弟有序的青云直上，得到朝廷的重用。下联出自韩浦《寄弟旧蜀笺》：十样鸾笺出益州,寄来新自浣溪头。老兄得此全无用,助尔添修正凤楼。鸾笺指彩色有精美图案的纸，表示楼房修得精美。

国有贤臣安社稷
家无逆子寿命长
【典故】 这是晚清重臣曾国藩的名联，是一幅错综对，按照对仗要求是：国有贤臣安社稷，家无逆子长寿命。作者为了平仄符合对联的仄起平收的原则，将"长寿命"调换为"寿命长"。意思是国家有德行好、有才干的大臣就安定长久；家里没有不孝顺的后代，寿命就健康长久。

有文章学古人

二铭真可宝幸

【典故】作文之法要遵循、学习古人的规矩、章法，张载的《东铭》和《西铭》两篇铭文真可以值得像宝贝一样珍惜，得到福气。

致理情深皆自得

祥和意洽尽欢颜

【释义】明白了很多道理和深厚的感情都是值得自己高兴的事情，和谐融洽的感情可以让快乐得到尽情地释放。

日暖阶前森玉树

莺迁堂上茁兰芽

【释义】太阳照在台阶前面，像仙境中的树木长得很茂盛；漂亮吉祥的鸟儿飞来厅堂之上，子孙像兰花的芽一样茁壮成长。

大厦重建，翚（huī）飞鸟革昌百世

华堂更新，松茂竹苞集千祥

【典故】鸟革翚飞，出自《诗经》，如同鸟儿张开双翼，野鸡展翅飞翔一般。形容宫室的高峻壮丽。松茂竹苞，出自《诗经》，意思是繁荣昌盛。雄伟壮丽的房子重新建起来，可以流传百世；繁华的厅堂焕然一新，可以繁荣昌盛，汇集所有的祥瑞。

金以刚折，水以柔全

山以高移，谷以卑安

【典故】出自晋代葛洪《抱朴子·广譬》。金：金属；以：因为；移：被挖掘；卑：低下。意思是：金属之所以被折断，是因为其太过刚硬了，流水之所以能保全，是因为其柔和；高山之所以被挖掘，是因为其高大，而山谷之所以能安全无事，是因为其低下。用来比喻做人不可锋芒毕露，应当谦虚谨慎。

近朱者赤，近墨者黑

声和则清，形正则直

【典故】出自晋傅玄《太子少傅箴》：故近朱者赤，近墨者黑；声和则响清，形正则影直。近朱者赤，近墨者黑，靠着朱砂的变红，靠着墨的变黑。比喻接近好人可以使人变好，接近坏人可以使人变坏，指客观环境对人有很大影响。和耳濡目染是一样的，声音是悦耳和谐的，那么它听起来就很清越；身形是端正的，那么影子看起来就是直的。

心如规矩，志如尺衡
平静如水，正直如绳

【典故】这句话是东汉著名隐士严遵说的，意思是做事时心态和意志都要有稳定的标准，始终保持如水般平静，如拉直的绳子一样毫不偏曲。不轻易改变自己，行得正，走得直，不做旁门左道之事。

老骥伏枥，志在千里
烈士暮年，壮心不已

【典故】出自三国·魏·曹操《步出夏门行·龟虽寿》，原文是"老骥伏枥，志在千里；烈士暮年，壮心不已。"意思是老马虽然卧在马槽子下，但它仍有日行千里的志向；英雄虽然年迈，但仍胸怀壮志。

北海虽赊，扶摇可接
东隅已逝，桑榆非晚

【典故】出自唐·王勃《滕王阁序》："北海虽赊，扶摇可接；东隅已逝，桑榆非晚。"东隅：指日出之处，表示早年；桑榆：指日落之处，表示晚年。北海虽然遥远，乘着大风仍可以到达；晨光虽已经逝去，未来奋发也不算太晚。

不知则问，不能则学
虽能不让，然后为德

【典故】出自《荀子·非十二子》。不懂的就问，不会的就学习；虽然会但不谦让，这样被德高望重的人知道了，就不会告诉他。

智者千虑，必有一失
愚者千虑，必有一得

【典故】出自《晏子春秋》，意思是聪明的人在上千次考虑中，总会有一次失误；愚蠢的人在上千次考虑中，总会有一次收获。

为学日益，为道日损
大勇若怯，大智若愚

【典故】 这两句都出自老子的《道德经》，被林则徐组合成一副对联。意思是求学的人，其知识要逐渐地增加；而求真理的人，就要逐渐减少自己的主观意识，思维见解等。真正勇敢的人看起来像害怕的样子，其实是他很冷静；很聪明智慧的人像愚笨的样子，懂得隐藏自己，不随便表现自己。

居廉让间

【典故】 "廉让之间"典自南北朝刘宋明帝与范百年对话。《南北朝杂录》中记：宋梁州范百年因事谒明帝，帝言次及广州"贪泉"，因问之曰："卿州复有此水否？"百年答曰："梁州唯有文川、武乡、廉泉让水。"又问："卿宅何处？"曰："臣居廉让之间"上称善。后除梁州刺史。此后"臣居廉让之间"一句被用作为官清廉的代名。意思是我居住在有清廉之风和有礼让传统的地方。

先代诒谋由德泽
后人继述在书香

【典故】 诒谋是汉语词语，读音为 yí móu，意思是为子孙妥善谋划，使子孙安乐。继，承受，继承；述，遵循。祖先为子孙谋划好人生，是因为德行润泽我们，作为后辈，我们应该在文化知识的香气中继承和遵循祖先的优良传统。

钓渭遗风

【典故】 "钓渭"出自《史记》卷三十二《齐太公世家》。传说周文王准备去打猎，请卜者占卜，卜者告诉他说：在渭阳会有大收获，但获得的非龙非彲，非虎非黑，而是一位辅佐大臣。后来文王打猎，果然在渭水之阳遇见姜尚。文王与他交谈，发现他有王佐之才，便一同乘车归来，拜以为师。后遂以"钓渭"等指周吕尚垂钓于渭水遇文王事。钓渭遗风指古代君臣之间相互礼遇，得到朝廷重用，为江山社稷做出贡献。

名扬仕籍

【典故】 "仕籍"古代指记载官吏名籍的簿册。表示为官名声好，名声记载、显扬在史册上。

万树梅花一潭水
四时烟雨半山云

【释义】很多的梅树开花，倒映在一潭清澈的水中，四季的烟霞、雨露变幻莫测，半山腰的云雾缭绕。表示风景优美，富有诗意。

八喜馆楹联

奕世荣昌（刘文华　书写）
【释义】世世代代繁荣昌盛。

惠蕴久昌（柯云瀚　书写）
【释义】蕴藏着恩惠和德泽的人家可以永久繁荣昌盛。

八喜馆大门/王亮　摄

八喜馆大夫第外景/陈小琦　摄

仁义为德（李双阳　书写）
【释义】 仁爱和道义成为高尚的德行。

树德务滋（王永昌　书写）
【典故】 出自《尚书·泰誓下》："树德务滋，除恶务本。"树：立；德：德惠；务：必须；滋：增益，加多。向百姓施行德惠，务须力求普遍。

仰德家风（张胜伟　书写）
【释义】 崇尚道德和依靠道德的良好传统。

鸿福聚德（王期红　书写）
【释义】 聚集非常宽广的福气和美好的德行。

凝祥集瑞（王成泉　书写）
【释义】 凝聚了很多的祥瑞（美好的祝福）。

风清气瑞（袁文坤　书写）
【释义】 风气非常清和、吉祥，表示社会风气好。

兰草国香人共采
杏花春雨燕同栖（陈达兴　书写）

【释义】 兰花的香气是王者之香，人们共同采集；在开满杏花的春天里，燕子和我们一起栖息、生活。形容生活非常幸福。

立德齐今古
藏书教子孙（陈日源　书写）

【释义】 树立德行要向古代和现代的高人看齐，用收藏的书籍来教化子孙后代。

静以修身俭以蓄德
温不增华寒不改叶（董水荣　书写）

【典故】 上联出自诸葛亮《诫子书》，通过平静的心态来修正身体、行为的过失、不足，用节俭来蓄养自己的德行。下联出自诸葛亮《论交》，有修养的人之间彼此深交而心息相通时，就好比花木，温暖时也不会多开花，寒冷时也不会改变叶子的颜色，能够经历一年四季而不衰败，经历艰险日益牢固。表示要坚守本色。

无事此静坐
有情且赋诗（林玉梅　书写）

【释义】 没有心事的时候就在这里安静地坐着，有灵感的时候就写诗。

窗中早月当琴榻
石上泉声泛酒杯（曾锦溪　书写）

【释义】 清早映在窗户里的月亮当作放置古琴的台子，有泉水在石头上流过，发出悦耳的声音，小溪里漂浮着酒杯。

子孙其宜宾朋乃乐
春年介寿吉日召欣（曾庆恩　书写）

【释义】 子孙后代生活舒适、举止得体，来宾和朋友都很快乐；岁月像春天般美好，人们长寿，在吉祥美好的日子里开心幸福。

就读书上体认义理

于日用处磨砺精神（王金泉　书写）

【释义】通过读书来从整体上认知道义和原理，在平常的事情中锻炼自己的精神气质。

巉壑知心赏

琴书乐性灵（胡基禄　书写）

【释义】岩石和山谷（表示自然界的美景）要用心来欣赏，古琴和书籍可以让性情灵动、快活。

语为吉祥滋厚福

心缘敬慎历亨衢（蒋乐志　书写）

【释义】亨衢（qú）：1.指四通八达的大道；2.常比喻美好的前程。讲真诚温和的话语可以滋养起深厚的福气，心里因为敬畏和谨慎可以经历任何的人生道路。

慎终追远千年重

积厚流光百世兴（赖坤文　书写）

【释义】敬重祖先的人可以得到历史的尊崇，积累了厚重的德行流传后世，发扬光大。

闻卷群言择其雅

援琴六气为之清（林景辉　书写）

【释义】六气是指影响身体健康的六种致病因素，即阴、阳、风、雨、晦、明。听到大家说的话要选择高雅的方面，弹琴之后身体都很清爽。

诗书敦夙好

宾友仰徽音（苏湘汉　书写）

【释义】诗词书籍还是古代的经典好，来宾和朋友喜欢听古琴的琴声（表示动听的音乐）。

得好友来如对月

有奇书读胜看花（吴升辉　书写）

【释义】有好朋友来像沐浴着月光一样清爽，有奇异、玄奥的书读比欣赏花还过瘾。

林花经雨香犹在

芳草留人意自闲（余瑞照　书写）

【释义】林中的花儿经过了雨水的清洗香味还在，芬芳的草儿让人欣赏意态很悠闲。

饭疏对客有豪气

烧叶读书无苦声（八大山人　书写）

【释义】虽然简单的饭菜接待客人，但是朋友之间的豪情不减。读书时燃烧艾草，没有苦的感觉。

独将诗句拟鲍谢

力扶风化成唐虞（于右任　书写）

【释义】学习写诗要模仿南朝诗人鲍照和谢朓，尽心尽力扶正社会风气要达到唐尧与虞舜（民风淳朴）的境界。

竹气初流山静如古

兰言相晤春永如年（谢无量　书写）

【释义】竹子的气节流露出一些，山峦安静肃穆像古代的隐士一样。知心的话相互交流，感觉一年四季像春天般美好。

汀州古城墙

一川远汇三溪水

千嶂深围四面城

【典故】长汀城坐落在群山包围的一小块盆地中，四周沃野平畴，城内卧龙山，一峰突起，不与群峰相连。而依山沿河修筑的古城墙，把半个卧龙山圈进城内，构成了挂壁城池,形成城内有山,山中有城的独特格局。那汀江更像一条飘逸的白练,穿城而过。这样,山城枕山临溪,犹如一颗璀璨的明珠,镶嵌在汀江之畔。宋朝汀州太守陈轩将之形象地描述为:"一川远汇三溪水,千嶂深围四面城。"

佳景天然满眼山川图画
雅怀自得四时风月楼台

朗日映怀春和在抱
崇兰临水古竹当风

汀州古城墙/胡晓钢　摄

龙潭公园（王少华　撰联）

江静龙潭千里月
郭连乌石万家灯

龙潭公园/杨笔　摄

汀州试院

帝座驻恩晖瑞启千年殿宇
天闾崇典祀祥蒸八邑衣冠

汀州试院双柏

汀州文庙

教秉万世继尧舜禹汤文武作之师
气备四时与天地鬼神日月合其德

状元亭

状元灯亮神光耀
学子心灵考绩高

乌石巷长寿亭

长寿云骧阁亭风月金屏列
龙潭水碧山石墙垣玉带环

亭望龙山悬日搅江增气势
人登画阁高天揽月见精神

更上一层放开眼界
仰瞻七宿罗列寿星

云骧阁上观天地
长寿亭中话古今

云骧阁／胡晓钢　摄

卧龙山北极楼/戴生晟 摄

西倚听松烽火台

登高台月白风清宜鸣笛
览胜地山环水抱好放歌

大同镇

大同镇东街村

亭闲有竹春常在
山静无人水自流

寄寓客家，牢守寒窗空寂寞
流浪汀州，漂泊深海满潇洒

汀清滨滩潮漫浒洲渚沉浮
晨墓晦晴春易景时日恒昌

雁声断秋，一溪落花漫汀州
鱼鹰唱晚，千盏江灯照长堤

汀州日照移花影
水岸春花醉柳客

一十八座里程碑，镌刻丰功伟业
九十一年风雨路，昭彰赤胆忠心

大同镇古书院

不为子路何由见
非是文公清退亡

工善其事，必利其器
业精于勤，而荒于嬉

圣迹巍然，仰止高山如阙里
津声宛在，依稀流水即洙源

三万轴书卷无存，入室追思名宰相
九千丈云山不改，凭栏细认古烟霞

大同镇亭阁

山作屏，地作毡，月作灯，烟霞作楼阁，雷鼓风箫，长庆升平世界
塔为笔，天为纸，云为墨，河汉为砚池，月圆星点，乐观大块文章

峥嵘古塔崇尊久
长与山灵共嵯峨

文笔一枝凌霄汉
穹碑千古耀南山

堂开千叶之莲
塔现七层之影

塔亭楼拘卧兰水
龙虎翘虹壮观原

大同镇印黄村亭

东禅钟声震四方
鱼山风光甲天下

德从善良宽处积
福向勤劳俭中求

鳌上瑞紫气
鱼山映丹霞

紫竹林中观自在
白莲座上现如来

五风十雨稻粱熟
谷穗双岐育万民

四壁锦绣藏百福
一亭春风暖万家

小亭结竹流青眼
卧揭清凤满白头

百岁阁

百年易度勤为本
岁月如流善作根

入阁抒怀百年岁月
登桥览胜一派风光

峦嶂千重归眼底
霞光万道八亭前

长安亭

曲径不宽通路远
山亭虽小比天高

霞挂枝头无黑画
泉流石上有馨诗

万客登临欢声笑语
寿图展现日丽风和

牛岭风景区

天开龙穴成叠云山皆顾主
地肖狮形千回江水书朝宗

牛临九里松杉藏古寺
岭叠百重云雾绕青峰

慈航渡人杨柳瓶中垂甘露
悲心济世莲花座上起慧风

百年易度勤为本
岁月如流善作根

入阁柔怀百年岁月
登桥览胜一派风光

峦嶂千重归眼底
霞光万道入亭前

宝山灵秀风光似书
珠水甘美善士如云

四面屏山千树障
一亭云霭半空中

四壁锦绣藏百福
一亭春水暖万家

牛眠胜地古汀添秀色
岭座名山武夷增奇观

天开淑景山河丽
龙耀祥云日月明

巍巍山峦显紫气灵光普照
屹屹巅峰兆精华人文景观

牛岭风景区文昌阁门联（潘震欧 撰联）

鹏程载道步蟾宫折桂
牛气冲天估金榜题名

文道弘扬礼乐诗书贞运顺
昌光普耀义仁忠信世风清

翠峰村

功业效前人不让当仁成过去
德行荫后代定教有善继将来

功绩长存道路筑成垂万古
德心永在芳碑铸就铭千秋

东埔村状元亭

文曲泼墨学子登科华章涌
状元亮灯魁星点斗神笔灵

汀州雁湖（太福）寺鸿福亭（潘震欧　撰联）

雁湖四面烟尘净
鸿福一亭诗韵新

客雁喜闻书礼气
福乡长绕孝慈风

谁带诗锄耕福壤
我浇心雨润亭花

鹤寿亭（潘震欧　撰联）

湖山悬寿帐雅亭祝寿
风水鼓诗囊妙韵构诗

忠孝承先蔚古风慎远

桑榆唱晚延鹤寿绵长

把酒凭栏赐寿吟山水
倚亭作赋纵情论古今

状元阁门楼联（潘震欧　撰联）

喜杰构巍峨雁渚阁楼谁作主
看英才砥砺鹏程履道众称雄

菩萨显灵金榜题名香客喜
观音引路丹心报国状元登

状元阁楼长廊九柱联（潘震欧　撰联）

进士登科状元及第
乾坤焕彩岁月流金

长廊溢彩凤鸾聚会
琼阁凌云俊彦登攀

文章道德清才蔚
礼乐诗书雅韵吟

文脉千秋延族裔
玄根百丈衍雄才

聿越青台欣折桂
豪登紫阁乐留名

岁月峥嵘重拾紫
风光旖旎永垂青

阁结孝忠仁义果
廊铺礼智信廉花

画阁三重皆附凤
文心一脉尽雕龙

人文鼎盛吟清韵
薪火传承出状元

大同镇黄麻畲新村戏台联（潘震欧　撰联）

精彩纷呈海晏河清中国梦
文明骀荡志同道合小康村

登大舞台唱响春天故事
激正能量弘扬时代新风

黄麻畲新村正气亭联（潘震欧　撰联）

心连心惠政彰施兴教化
手拉手新风骀荡创文明

黄麻畲新村文化长廊联（潘震欧　撰联）

移风易俗安居乐业
勠力同心筑梦兴村

龙腾虎跃闻鸡起舞
凤集鸾翔走马观花

大同镇大埔村"思源亭"联（林发振　撰联）

思善集贤千泉聚会
源清流洁百姓臻康

策武镇

林田村彩波桥

林岚叠翠环峰拱瑞
田畴涵绿曲水凝祥

惠风和畅
明月清风本无价
近水倚山皆有情

九曲气韵钟灵毓秀
狮象精神焕启人文

水木菁华
波光云影堪入画
松涛竹韵好吟诗

策武镇林田

安享春风避暑雨
逸劳结合坐一时

秀水回绕娟娟潺潺蓝作带
青山环拱层层叠叠翠为屏

遥承笔架青山送紫气
近得九曲秀水毓人龙

紫气东来
新亭延月月如故
长桥卧波波有声

东华山金凤亭

功业胜前人绝顶辟开康庄路
德行传后代峻峰筑起避雨亭

万里蓝天飞彩凤
千山翡翠映东华

金来水聚轩亭气势兴万代
凤起蛟腾信士人文旺千秋

庵杰乡

龙门望龙亭

春满龙门天下景
喜迎汀郡客家情

客家母亲河汀江源——龙门

河田镇

河田温泉澡堂

温泉朝朝朝朝朝朝涌
热水长长长长长长流

河田镇刘源村戏台联（潘震欧　撰联）

主旋律奏鸣齐点赞
古戏台演唱共欢腾

高山流水知音弹唱
白雪阳春雅韵传吟

刘源村柳圆桥联（潘震欧　撰联）

柳浦飞虹铺锦绣
圆庐枕水构文明

福业铺桥通胜境
德馨传世旺刘源

刘源村凉亭联（潘震欧　撰联）

村古貌新传世久
山青水秀纳宾多

红山乡

红山乡亭阁

江流千古　万江楼万江流万江楼上万江流　江楼千古
江楼月景　印月景印月影印月景中印月影　月景万年

流水断桥芳草路
淡云微雨养花天

杰构地乃幽　水如碧玉山如黛
诗人居不俗　凤有高梧鹤如松

士农工商宗公裔赖
文行忠信陉教长存

南山镇

廖坊村亭台楼阁

治绩循良推旧范
家馨清白衍遗风

北国诗书新世第
南闽理学旧家风

三洲镇

文昌阁

文教科技兴中华
昌明景远遍神明

魁占鳌头簪缨济济
星开虎榜锦衣绵绵

四都镇

汤屋村路口紫泉亭

双水流亭佑富贵
雨路往来增百福

琉璃革命纪念亭

革命萌生此间引燃星星火
逢春蛰起到处皆闻殷殷雷

归龙山我十亭

山高色黛我独秀
水澈石奇十域春

同仁村风雨亭

乾坤容我静
名利任人忙

红都村福青亭

福庇一乡真是主
公昭万古应为王

霍能引和静能生悟
仰以察古俯以观今

上焦村永兴亭

远源川中龙吐长生之水
永兴亭上鹤栖不老之松

渔溪村五福亭

天长地久
土生万物财源茂
地灵人杰富贵全

五福临门财丁旺
禄贵荣华寿年长

童坊镇

禾生村屋桥（胡新基　撰联）

保生保安南山寿
临水临财东海福

彭坊村金叶亭

金叶亭边金叶飘香
红土地里红土送福

羊牯乡

龙华山庄

源远流长
龙卧山庄鹰舞长空弘骏业
华融胜地客游美苑灿鹏程

龙华山庄

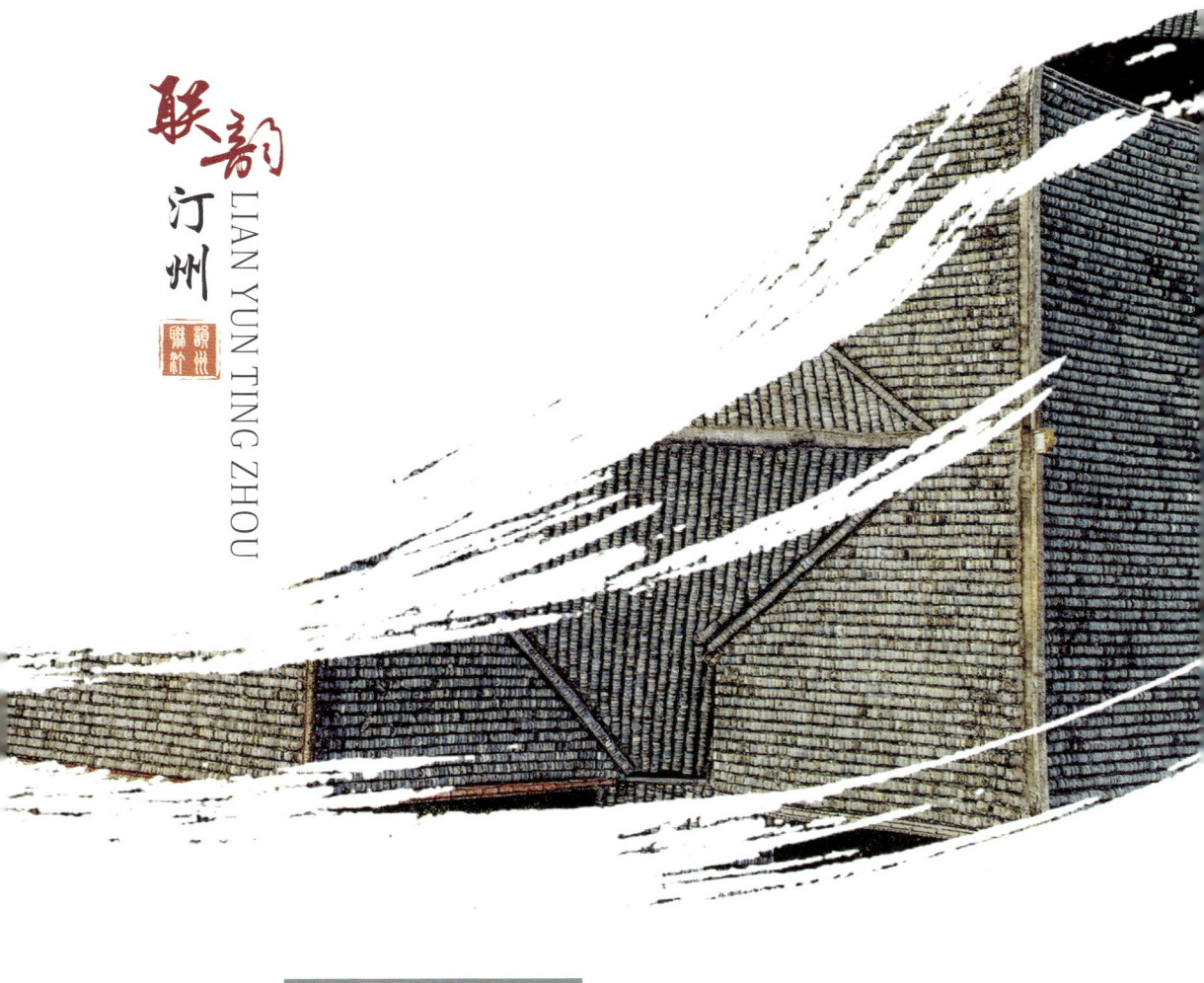

联韵
汀州
LIAN YUN TING ZHOU

第二辑　庙宇楹联

MIAO YU YING LIAN

联韵
汀州
LIAN YUN TING ZHOU

汀州镇

如意宫（人民巷 10 号）

道法英仙真鄞江水近吴江水
孝心成佛果高石峰如嵊石峰

【典故】 汀州如意宫位于长汀县汀州镇水东街人民巷，始建于宋，清道光二十七年（1847）重建。坐东朝西，由主殿和偏殿组成，建筑面积490平方米。

予取予求四海珍财昌客府
如意如常群黎香火旺神宫

东禅寺百寿亭（苍玉洞 69 号）

喜筑高亭添福寿
重开胜地秀汀城

【典故】 苍玉洞在马棚崇之麓，原苍岩陡立，石洞玲珑。宋宣和年间已筑有亭阁之胜。庆元间汀州太守陈晔建寺宇，后邑人随宜点缀，建大士阁。清康熙年间知府王廷抡以古洞静幽，乃扩建可漆园、观澜亭、漱玉亭，成为城东之景区，后复建万花楼，游人接踵而至，成一时之风雅。抗日战争时，遭敌机轰炸，石景幽洞，均遭破坏，自此冷落荒芜，后辟公路，夷为平地。1966 年，为恢复八景之一苍玉古洞，邑人善士在棉纺厂朱路辉厂长支持下，辟建风景区，恢复宋古庙玉皇殿，百寿亭等。

东禅寺龙华阁（苍玉洞 69 号）

龙山仓玉脉脉相通文峰绕一水
华夏神灵年年显应富国佑万民

苍穹宽敞泉神云聚庆万民欢乐
玉泉清澈诸仙会合祝百姓康宁

盘山秀丽高阁雄姿欣腾旧
宝殿庄严名城美景喜翻新

苍山隐隐福地重开新殿宇
玉树亭亭洞天长续旧恩波

东禅寺大雄宝殿（苍玉洞 69 号）

苍玉聚秀法门清净除烦恼
玉石放辉宝相庄严度众生

苍玉祥云恩沛众生施法力
汀江慧日光昭万姓驾慈航

婆太庙（新丰街 94 号）

社堂留旧迹人间事事求如意
坛庙换新容世上家家获吉祥

中心坝五丰社

有求必应
佛光普照护佑四方
神功丕显福泽万民

【典故】汀州是客家首府，自有客家人居住就有安奉福主公王，也叫社公老大，护佑一方安宁。原位于丰桥下片古杵下，为求五谷丰登而建五丰社，坐西朝东，面对大河来水和笔架山。"东有五丰社、西有蛇王宫"之说，自唐宋传颂至今。

有求必应
神通广大护佑四方
佛法无边福泽万民

和谐盛世
敬诸神风调雨顺
拜千佛国泰民安

和谐盛世
国泰民安百业兴旺
风调雨顺人寿年丰

和谐盛世
佛光放四海洒遍甘霖风调雨顺
神灵降福地佑民忠孝国泰民安

敢有权威
福庇一方真是主
公昭万古应为王

敢有权威
福主护佑四方
公王福泽万民

汀州天后宫

护国功勋垂万世
佑民德泽著千秋

圣德征洪福松苍柏翠
母仪享天年人寿年丰

汀州天后宫/陈子亮　摄

锦绣江山添笑意
庄严宫殿焕新容

钟声悠韵扬显迹
楼宇辉煌沐祥光

鼓乐升平天有道
楼观鼎盛后护民

四海显灵应千秋不朽
历朝受褒封万古流芳

国省郡州崇祀典
士农工贾赖圣恩

三寸舌说古谈今褒善贬恶
十方台演文摆武享神娱人

圣德配天海国慈舟并济
母成称后桑榆俎豆重光

天妃神力海不扬波稳渡慈航登彼岸
圣母恩德民皆乐业遍传显绩降人间

汀州府城隍庙

是是非非地
明明白白天

城隍庙大门/杨笔　摄

灵佑八邑确保黎庶永安康
威镇汀州明断是非与曲直

古迹重光九派龙山增胜概
神灵显赫一江汀水作恩波

为恶必报为恶不报祖宗有积德德尽必报
为善必昌为善不昌前世有余殃殃尽必昌

承恩枫陛寿永河山
矢志尽孝坚如金石

父德永记为官宦首当尽孝
母爱莫忘做子孙先应报恩

城隍庙内景/戴生晟　摄

肖屋堂大丈夫庙

父德巍峨凌云耀日昭天下
母恩浩荡赍福降祥佑万民

忠心耿耿一生行好事
积德重重千载顾后人

铁面理阴阳奖惩人间善恶
丹心昭日月明察尘世忠奸

福善祸淫万里高悬日月鉴
锄强扶弱千年永奠山河图

关帝庙

忠义万年扬正气

春秋一卷大丈夫

西竺寺

五观常存金石易化
三心未了滴水难消

宝珠寺

何必别求南海
此间即是西天

汀州天后宫内双侣亭（潘震欧　撰联）

双侣结缘琴瑟和鸣荷馥处
合心比翼凤鸾恩爱福盈时

天后赐恩日月清辉昭母德
莲池蕴福鸳鸯佳偶染荷香

汀州如意宫大殿联（潘震欧　撰联）

守正无邪铁面金鞭彰正气
生财有道源头活水聚财珍

予取予求四海珍财昌客府
如常如意群黎香火旺神宫

汀州城隍庙夫人堂联（潘震欧　撰联）

高风亮节八方同祭祀
赤胆忠心百姓共尊崇

威灵显赫吉凶祸福皆匡佑
圣道高明春夏秋冬尽倡扶

护国保宁社稷安康功盖世
涤瑕荡秽神灵肃穆誉超凡

汀州东岳宫 （东方庙）南屏古庙（潘震欧 撰联）

东岳行宫福地洞天尘外境
南屏胜景寿山仙水梦中乡

与香客结缘祈好运
随庙神赐福献真情

德养清廉仁果硕
成由勤信菜根香

皇天义土乾坤化育
神地母恩日月繁昌

孝忠仁果南屏挂
积善寿根东岳栽

道融东岳五行土
德孕南屏万代春

大同镇

东关天后宫

母爱汀东如意福地
圣仁慈航水德配天

鲜清洁蔬菜菓入脾胃充参益寿
主食物稻粱菽补壮旺抗弱延年

东关土地庙

公公十分公道
婆婆一片婆心

大同镇寺庙

念念不离心，要念而无念，无念而念，始算得打成一片
佛佛原同道，知佛亦非佛，非佛亦佛，即此是坐断十方

笑到几时方合口
坐来无日不开怀

大肚能容天下难容之事
兹颜常笑世上可笑之人

大肚能容，了却人间多少事
满腔欢喜，笑开天下古今愁

大千世界，弥勒笑来闲放眼
不二法门，济颠醉去猛回头

印黄村天后宫

德冠前徽成典范
灵昭后世树家风

印黄村天龙寺

天聚祥云神顾兮就圣地
龙吐甘霖赐福兮护众生

狮耀祥光人文城人杰地灵
牛眠胜景群峰岭景致春晖

屏山幽谷月映花明翡翠谷
滴水洞天壁开玉溅瀑泉天

屏山叠嶂袅袅晴岚堪入画
幽谷层岩涓涓滴水可吟诗

木鱼声声人和善
高杨葱葱世太平

八宝山

奇石嶙峋瞻石老
险崖峭壁仰千寺

松涛竹韵也诗乐
佛寺钟声入耳扬

八宝聚名山千载奇观供乐赏
蛟峰复古寺十六善信沐恩光

骑龙览胜惬目舒心臆
登客观景摩霄壮胸怀

千山翠竹翻碧浪
万壑苍松卷绿涛

日月交悬仙子犹停云雾里
山川聚秀游人尽在画图中

宝聚名山岩石上
峰留胜地烟霞中

东埔村兴隆庵

古灵佑民财丁旺
兴隆显应文昌临

大同镇东街村

古迹起汀南妙化妙法馨宋代
神迹昭溪北佛力佛恩霞云岩

大同镇木鱼山寺庙

绮阁金屏仃鹄山寺
华堂瑞丛虎踞龙蟠

鳌上瑞紫气
宝山映丹霞

鱼山风光甲天下
东禅钟声震四方

勤积功德人长寿
赏行善事家平安

牛岭罗公庙

罗列山川千叠密峰增胜概
公昭日月十方善信沐恩光

雁湖寺内庙门（潘震欧　撰联）

雁序归栖依佛境
湖山感应显神灵

廊阁列书台岁月流金铺仕路
岳峰排笔架乾坤濡墨写华章

九品莲池长廊（潘震欧　撰联）

雁影天光添雅趣
莲花佛韵净凡心

佛寺流连千里客
莲池濡染满廊春

清风泽润莲池升瑞霭
佛韵熏陶廊榭聚祥光

池萦君子气别开胜境
廊纳圣贤风时聚嘉宾

义仁一脉廊前驻
忠孝千秋足下生

四面青山朝佛座
一廊紫气蕴禅机

策武镇

策武镇当坑西华山

西方神明圣德洪恩福泽汝
华山俊秀霞光瑞气祥云聚

策武镇东华山

东华锦堂凝瑞气
山明金座吐祥光

策星村福海寺

佛功浩荡阖境均沾福庇
恩德恢宏万民共沐恩光

为恶虽无人知吾神自知
为善虽无人见吾神自见

笑傲公侯锦衣玉食如粪土
冷对富贵粗菜淡饭胜珍馐

策星村关帝庙

赫赫丹心悬日月
堂堂赤面壮山河

以蜀以魏以吴三分鼎峙非公意
而侯而王而帝百世巍峨此丽庭

庵杰乡

八宝山俊峰寺

八宝重光增胜概
俊峰复立显佛光

八宝山古寺

宝山皆胜地
古寺见禅心

八宝烟霞接紫气
九洲善信沐恩光

庵杰龙山寺

佛光照万丈祈来甘露风调雨顺
神道昭千秋赐得鸿恩国泰民安

有求必应
古迹重光九派龙门增胜概
神云显赫一江汀水作恩波

护国佑民
护国功勋垂万世
佑民德泽著千秋

古城镇

青山村梅花寺

山门清净
净地何须扫
空门不用关

唯愿久住刹尘劫
利乐一切诸泉生

誓愿宏深十方同化
慈悲广大三德俱圆

腊雪苦练心坚定
开花结果登彼岸

金峰山寺

古寺无灯凭月照
山门不锁待云封

万福寺

寺外峦峰增胜概
门前溪水作恩波

古城村洋石庙

教世人尊道贵德去邪孽
训赤子存心养性作忠良

伐北魏征东吴三载征诛匡汉室
佑三者保三隘千秋显圣在古城

匹马斩颜良河北英雄皆丧胆
单刀赴鲁肃江南豪杰尽寒心

汉室赖三人留得住百年社稷
桃园尊一义解不开万世肝肠

汉室复兴新一统
桃园重整旧山河

桃园结义英才遍布东西外
汉鼎维新正气长存天地间

南岩村龙归寺

龙腾宝地植善果
归入殿中播慈音

元口村宝通山古寺

玉质降皇宫吐水九龙齐沐浴
金身修雪领衔花百鸟竞朝参

中都村妈祖庙

随时显灵共赐滋生之本
大地塑像不忘养命之源

莆田毓秀圣母垂千古
湄岛修真慈恩育万民

天上日月照世界
圣母灵应保万民

护国庇民八方载德功勋著
徽祥赐福万众感恩喜气扬

华光亮宇三更晓
大帝荫民四季安

三眼照乾坤五通三界
五通施韬略普济五方

千载明灯辉宝刹
十方法雨润苍生

千供盘餐资化育
苗萌沃土幻无穷

护国功勋垂万世
庇民德泽著千秋

灵兮汀州三百载
神佑古城万千年

大慈大愿垂救三千世界
救苦救难保全亿万生民

向四海显神通千秋不朽
历数朝受封典万古流芳

绿柳红莲迎圣座
金炉玉烛映煌坛

一曲升平风调雨顺
三旋妙舞国泰民安

河田镇

朝真观寺庙

行恶必灭行恶不灭前世有余德德尽必灭
为善必昌为善不昌前世有余孽孽尽必昌

昭祥寺

慈悲为怀广结善缘弘佛法
宝殿庄严遵循佛理有真诚

河田朱溪玲瑚庙

香烟环绕千秋鼎盛
钟鼓长鸣万载兴隆

滨海八闽鸿福自启山水秀
洽瑚侯王灵应常留天地间

保驾唐王功居朝臣首位
泽庇万民不分贫贱富贵

河田新莲寺

罗公降临呈瑞气
视师鸿思忧万民

龙福亭

龙凤呈祥丰收景
福寿康宁气象新

红中村慧应寺

经声佛号唤回四海迷路者
晨钟暮鼓警醒世间名利人

河田米萝街

佛祖崇南来北往通八达
慧应寺遥望山峰景天成

红山乡

红山乡庙宇

诚心礼拜何必远朝南海
心种福田此处即是灵心

石径有尘风自扫
门因无锁月常关

石上浮云缥缈
门前流水弯还

南山镇

廖坊村云顶岩寺庙

云布西天九品连台洒雨露
顶高北斗三尊金相显乾坤

胸存邪念丝香高烧何宜
心怀忠贞对我不拜无妨

行善虽无人晓
存心自有天知

入伽山游竹林霞光万道
出南海驾祥云瑞气千条

廖坊村三将功王庙

三将功绩垂千古
公王赐福佑万民

视之不见求之应
听则无声敬则灵

谢屋村

大广神通
福田龙脉千年旺
宫内尊神护万民

严婆田严福庵

严为律戒播定三世福
婆奉仪馨自开九里天

严婆田天后宫

三示圣威泯千年苦寂
一尊华夏铸万载丰碑

大坑村庙宇

有求必应
迎三太风调雨顺
举祖师物阜生辉

审知清正垂千古
候王赐福佑万民

一帆风顺
敬公太风调雨顺
奉珆瑚物阜民康

国泰民安
炮竹声声人康乐
神恩浩荡照千秋

酬谢鸿恩
功高盖八闽
雄才定乾坤

神恩浩荡
手举清香祈财丁
候王英灵护万民

大田村功德亭

修路建亭功德无量
行善积德万古千祥

三洲戴氏家庙/阿澜 摄

三洲镇

关圣帝

忠义参天
千秋义勇无双士
汉代衣冠第一人

神恩浩荡垂千古
庙宇巍峨祀万年

赤面符赤心赤兔逐风千古常昭赤帝
青灯读青史青龙偃月一生不愧青天

万代师表
千古文章开百智
一堂圣哲化万民

四都镇

四都镇同仁村关帝庙

大丈夫
神威能奋武
儒雅更知文

忠义参天
汉封侯明封王清封大帝
儒称圣释称佛道称天尊

溪口吊脚庵

西水流南归后泽
北峰明东望前程

南来北往皆胜利
东成西就慨而康

石圣留声远
祖师布泽长

千村来求千村应
万乡诚拜万乡灵

香烟宝鼎时招福
灯结珠花日进祥

有轩则名
【典故】 为刘国轩而作。

归龙宝殿

罗文冠世名列魁首
公德至尊位封祖师

归本悟真功成正觉
龙降虎伏绩著灵山

归龙山观音堂

西方竹叶千年碧
南海红花九品香

汤屋村关帝庙

文武圣人
赤面赤心千载难忘赤帝
青灯青史一生不负青天

志在春秋功大汉
忠同日月义同天

同仁村望兴庵

望得村庄千家荣华富贵
兴发人丁万户福宁安康

四都汤屋关帝庙/戴生晟　摄

佛光普照
有心敬神神必应
诚心祥佛佛就灵

神圣护持多保佑
仙佛台前求平安

渔溪村土地公庙

清风明月本无价
远山近水皆有情

柳占三春色
荷香四座风

清风二窗竹
明月一池莲

圭田村圆角寺

拜佛念经未必成佛
怜生吃素自然养生

有求必应
观音老母坐中堂
护佑万民身安康

圭田村西华寺

灵昭万古
光耀千秋

佛光普照
一片诚心通天界
万般瑞气降人寰

涂坊镇

丘坑兴隆庵大殿（潘震欧　撰联）

殿宇辉煌人杰地灵千古盛
神功浩荡民丰物阜万家春

福泽普施台上白莲开佛座
清香不断瓶中甘露洒人寰

观音济世八方香烛长敬仰
菩萨坐莲九域黎民永安康

童坊镇

禾生村经堂

神威显赫祖师座殿赐福寿
古迹重光虔诚敬献百业兴（童佩如　撰联）

经堂金碧辉煌人杰地灵千古迹
祖师神恩浩荡民安物阜万家春（汤天德　撰联）

红明村龙溪寺（堤管法师　撰联）

入空门自见空中色相
道佛宇方知佛界庄严

红明村青云寺（沈严光　撰联）

青天有佛蕴瑞气
云山无邪布德泽

红明车上圣母庙（肖承辉　撰联）

圣赐福禄寿年年庆
母佑财丁贵岁岁贺

龙坊村龙福寺

龙踞石钟清净地
福址呈祥佛佑民

平原山广福院

千棵苍松含瑞气
一溪活水带恩波

千年古刹座上祖师能伏虎
百里名山龛中罗汉惯降龙

神树庇万民
伏虎佑四方

平原山广福院/戴生晟　摄

彭坊村龙德寺

龙床山色来禅寺
德寨风光入法门

铁长乡

洋坊村文昌庙

筑路德著万载
捐资功昭千秋

芦地村天华山

三餐体念农夫苦
万民回报佛祖恩

两省丁向铺路福大胜东海
闽赣癸山造桥功高赛华山

九品连花万丈光芒照万民
观音菩萨佛法无边保平安

张地村村尾庙

泽力捐囊载史册
修桥筑路惠苍生

梦里水乡张地/卢雨村　摄

洋坊村村头庙

引伶谋划志士鹏程万里
捐资筑路贤达福泽千秋

新桥镇

新桥村

清风气正佛光普照
净土水洁天地人和

新店村

朝神拜佛悟真谛
尊老爱幼乐天伦

岗头村

春祀秋尝延千古圣贤礼乐
朝钟暮鼓颂万家世代流芳

佛日增辉光普照
法轮传博度众生

石人村

生佛门安百丈身常护风调雨顺
守天道应四时气为保国泰民安

宣成千年风雨廊桥/杨笔　摄

谭复村

风声水声钟鼓声，声声入妙
月色山色烟霞色，色色皆空

宣成乡

白莲寺

大雄宝殿
圣母慈悲最爱人间德凤
婆心接引送来天上祥麟

慈航普照三千界
法水周流四海青

香烛坛前扬善果
钟鼓声中诫佞人

修真居南海
救苦在人间

南海纳千流
观音怀九州

南海存心内
西方在目前

考可格天凭至理
铎能振地发慈心

兰田路口集福堂

集朝云山好仙境
福迎夹水似蓬莱

福地泽润蓝溪福
兴会为祷三村兴

畲心村妈祖庙

泽施四海
中华妈祖文化千秋不朽
寰中圣母著迹万古流芳

神光普照
慈恩浩荡玉殿传圣迹
紫气萦绕金身显威灵

濯田镇

西华山福寿亭联（潘震欧　撰联）

福基筑路西华三教铭功德
寿域立碑南极千秋颂美名

巷头妈祖公园内的百岁亭（林发振　撰联）

宝婺德勋
五世同堂春映月
百龄一路德兴家

贤誉三坊
蓬莱腾紫气
仙阁降祥云

萱春永恒
瑶池献瑞三千少
海屋添寿百岁多
【释义】海屋：传说中的海上仙屋。

期颐臻祥
莫道人生无百岁
须知黄发有重春

【释义】 黄发：长寿老人。杜甫《玉台观》诗之一："更肯红颜生羽翼，便应黄发老渔樵。"

松鹤延年
巾帼臻耆寿
孺人竞鹤声

【释义】 耆寿：年高德劭者，亦泛指老寿之人。

妈祖公园功德碑（林发振　撰联）

振武绥疆家国泰
垂慈笃祐吏民安

【释义】 振发神功，安抚边疆，乃家国景泰；广布慈心，厚实福祉，使官民安定。

龙潭公园

联韵汀州 LIAN YUN TING ZHOU

第三辑　宗祠民居楹联

ZONGCI MINJU YINGLIAN

联韵
汀州
LIAN YUN TING ZHOU

汀州镇

李氏家庙（民主巷 2 号）

龙门新世第
邺架旧家风

李氏怀瑾公祠（人民巷 17 号）

龙门价重家声远
鹿洞书香世泽长

西门李氏家祠

世民感史缅贞观
渊祖开唐扬武德

王氏宗祠（五通街 46 号）

三槐世第
两晋家声

【典故】上联出宋·王旦之父王祐，于庭院植槐树三株，曰："吾之五世，必有为三公者时称三槐王氏。"下联典出晋·王导："位至丞相，其子孙世代簪缨。"

张氏家庙

撷鄞水之蕴藻
蔚曲江之人文

追溯远祖巍峨功德
施展近代骥足途程

百忍图文传美誉
千秋金鉴衍琼枝

刘氏家庙

为肖子难为孝子
做良臣不做忠臣

【典故】《旧唐书·魏徵传》记载,魏徵言:"不做忠臣做良臣"。

千秋懿德垂闽越
万古英风耀彭城

树高千丈莫忘根本
河长万里当思流源

赖氏坦园祠(南大街103号)

回互合南流文徵秘里
蜿蜒依北极武接桴原

赖氏坦园公祠/胡家新 摄

赖氏宗祠（新新巷 18 号）

好古家声远
秘书世泽长

廖氏家祠（县前街 25 号）（廖文福 书写）

山川聚秀源流远
日月生辉世泽长

林氏家庙（五通街 43 号）

凤起龙山翠拥长林培木本
蛟腾鄞浪澜迴济水浚泉源

上官家祠

南剑名臣第
西台学士家

【典故】宋神宗为表彰凝公、均公、惜公等上官家族所赐。

上郚氏族王家楚将
官居西台体效国公

【典故】唐中宗为表彰上官仪公家族所赐。

才自天成芹藻生辉窥豹隐，
侯逢海运风云变色观鹏飞。

汀州龟山公祠（杨氏宗祠）楹联（兆征路 105 号）

程氏正宗

【典故】康熙帝御笔，褒扬杨时的理学为程颐程颢嫡传。

清白四知世代传佳话
精忠报国万载启后人

光耀千秋
福寿康宁永沐关西德泽
子秀孙贤弘扬四知家风

万古流芳
弘扬震公四知精神
传承杨时五好家风

祖德垂光
道倡东南传儒教思想
德冠古今扬理学精神

敦宗睦族
根植弘农流分天下
德传清白誉播九州

源远流长
道南衍派传承远
中华望族有弘农

师表千秋
程门佳话千秋颂
理学丰碑万古仰

弘农世泽
万代共载一脉三相家声远
清白传承四知将门世泽长

龟山公祠
杨氏先祖丰功伟绩垂千古
时公后裔繁衍生息播五洲

清白遗风

【典故】 汉代华阴人杨震，通晓经文，风雅清正，志存高远，人称关西孔子。他曾推荐"贤人"王密做昌邑县县令。杨震往东莱郡上任时，路过昌邑县，王密夜里怀中揣着十斤金子来赠送给杨震。杨震说："作为老朋友，我是了解你的，你不了解我，这是怎么回事呢？"王密说："夜里没有人知道这事。"杨震说："天知道，地知道，我知道，你知道，怎么说没人知道！"王密惭愧地出门走了。清正廉洁，是杨震一生践行的人生准则。如今，在全国各地及海外的杨氏祠堂中，以杨震的"四知"典故命名的"四知堂""清白堂""清风堂"随处可见。

郑氏家庙（新新巷15号）

相业有光炎宋
宗风永绍荥阳

【典故】 宋朝郑氏有十个宰相，光宗耀祖，继承表彰发源地。

新新巷郑氏家庙

店头街段屋大厅撰联（潘震欧　撰联）

绮闾重儒风名宅迎祥传世远
华堂多古韵德门集庆治家昌

汀江巷丘氏宗祠

先代贻谋由德泽
后人维述在书香

仰天地正气
法古今完人

诗礼传家荣祖德
文章华国仰宗风

地灵人杰五云蟠吉第
风生水起三瑞映华堂

承先启后礼为教本
继往开来道以德宏

要好儿孙须从尊祖敬宗起
欲光门第还是读书积善来

西门街祠堂

登祠思祖训
入庙念宗功

肇奕世基孝友忠良绵世业
遗方家训文章诗礼传家声

宝气漫人寰代代长生俊杰
珠光冲霄汉房房永继书香

涂氏宗祠

文封石麓公侯府
武赐新吴将相家

【典故】"石麓",地名,即今江西宜黄县;"新吴",地名,即今江西奉新县。

汀州游氏家庙

立身须作中流柱
为学当撑逆水舟

【典故】"中流柱"即砥柱山,在黄河三门峡。比喻坚强的能起支柱作用的人或集体。

阶前悟雪诗激吾辈全心攀桂
联上书莲品秀酢公正气成金

【典故】"程门立雪",游酢、杨时拜谒程颐,见先生正闭目休息,不忍惊动。程颐既觉,门外已雪深尺余。尊师之举传为千古佳话。"酢公"即游酢,为程门四大弟子之首,官至监察御史,著有《游豸山文集》十卷。

继宗风延宗脉广平有誉
念祖德报祖恩鹏举无疆

【典故】"广平",郡名,今河北省鸡泽一带,为游氏于春秋时期发祥地。

广修德业千秋续
平守箴规一脉承

祖训昭昭如日月
家风朗朗化乾坤

祖德长存螽斯衍庆传千载
宗祧亘古薪火绵延耀万年

祖德长存耕读先贤传万代
宗风永驻庇荫后裔颂千秋

汀州俞氏家庙（长汀水东街140-141号）

瑞木嘉禾治世休徵传遗爱
醇儒循吏是邦名望重前贤

【典故】 典出清雍正癸丑科进士俞文漪。俞文漪拔授吏部郎中，外调浙江嘉兴知府、绍兴知府，后任贵阳司马。他为官清正、治世有道、宽税赋、重农耕、设学院、重礼教、平缅匪，民誉"万家生佛"。朝廷下谕旌表"醇儒循吏"，建石牌坊。

纵征西①猷御寇②廷玉封侯③旷世良臣钟浩气
琰论易④丰兴学⑤曲园立说⑥千秋辈裔铸辉煌

【释义】 ①纵征西：东晋开国元勋，西晋征西大将军俞纵。②猷御寇：被后世誉为"民族抗倭英雄"俞大猷，所部亦被称为"俞家军"，他也是杰出的爱国诗人。③廷玉封侯：俞廷玉，祖先内蒙古赤峰人，明代开国功臣，封为龙虎上将军、上护国。俞廷玉生有三子：长通海、次通源、三通渊。其家族因辅佐朱元璋建国功勋卓著，有俞氏一门的"一将二相三侯"之说。④琰论易：俞琰，宋末江苏苏州人。道教学者，后专科举之学。一生熟读经、史、子、集、尤精于易学。著有《周易集说》四十卷等。⑤丰兴学：俞丰，南宋福建建宁人。孝宗乾道二年进士。官至中书舍人。著有《云谷集》。是宋朝伟大的教育家和诗人。⑥曲园立说：俞樾，号曲园。清道光浙江德清人。道光三十年进士，早年任翰林院编修。主要著作有《群经平议》《诸子平议》《古书疑义举例》等，合辑为《春在堂全书》共五百余卷。又著述《春在堂随笔》十卷，为研究近代史提供了许多宝贵的史料。

（整理人：俞士礼、俞成火，公元二〇一九年七月）

大同镇

大同镇师福村民居

东南西北中安康
福禄寿禧财呈祥

全家喜庆聚三星
满堂欢欣迎五福

月满一轮辉宇宙
花香千里美乾坤

三阳日照平安宅
五福星临喜庆家

月满一轮辉宇宙
梅香千里到门庭

日照新居添锦绣
花栽门前吐芬芳

麒麟呈祥喜双飞
凤凰飞舞佳偶成

人近百年犹赤子
天留二老望玄孙

五代同堂喜逢全盛世
百岁双寿共乐太平春

天邻村祠堂

元吉光耀在上
福禄繁荣来功

仁义礼智信
忠孝节德行

国宝家声远
乡贤世泽长

土能生万物
地可发千祥

东街村祠堂

家客客家家客家家客家客客家客
客家家客客家客客家客家家客家

策武镇

策田村黄氏宗祠

先祖创基华宇千秋居胜地
后裔秉承伟业万载继春秋

祖德宏远
孝友传家绳祖武
诗书继世冀孙谋

源远流长
肃衣冠以怀祖德
绵俎豆而为馨香

启后人诗书执礼
承先绪孝悌力田

林田村

萃华春护凤麟秀
英气晓腾龙虎生

古礼遗徽
泽自九龙运
门从十德高

杰地仍幽水如碧玉山如黛
新居不俗凤有高梧鹤有松

唯天下父母爱最是伟大
冀世间子女心莫忘亲恩

庵杰乡

庵杰乡长科村陈氏宗祠

颍川宗枝源流远
大舜世代恩泽长

馆前镇

坪铺村杨屋

道脉程挺三尺雪
家声御座十联诗

忠烈齐送多代将
清廉独拒四天王

弘农世泽
清白家风

祖自镛州发
家从石壁来

相府出相看古往今来启后承先光祖德
将门出将望子贤孙肖发奋图强浴宗功

山明水秀风光好
竹苞松茂气象新

坪铺村沈坊

琴弹千古调
书吐万年香

行乎天理
顺其自然

云霄山麓客家永葆千载业
广宇石门祖宅长存古民居

沈家大院/戴生晟　摄

慈孝友恭一堂吉庆
诗书礼乐满堂荣华

竹苞松茂家风振
鸟苹翚飞气象新

玳瑁还春清郎笔
珊瑚合装送少书

闻鸡起舞
跃马争春

河田镇

上官氏宗祠

祖祠虽远报祖必荼必敬
后代兴隆奉祠尽效尽忠

韩氏宗祠

三登庆功三人第
四人熙宁四辅中

余氏宗祠

修其孝悌忠信
以为道德文章

廖氏宗祠

德感乾坤娣脉承载千秋盛
恩昭日月亲友沐庇万载兴

赖氏宗祠

百世莫忘祖宗德
千秋常望子孙贤

李氏家庙

宽谷求知千丈龙门凭鱼耀
才华横溢万里长空任鹰扬

德騆庙堂惟孝友于兄弟
祖宗功德以能保我子孙

李氏下大屋（九厅十八井）

有仁兴后代
端正振家风

九厅华堂重政置新，
十八天井复飞霞光。

有百金之量有千金之量有万金之量量大福乃大
积三世之德积五世之德积十世之德德长庆亦长

华堂焕彩蛟腾凤起征人杰
广厦弘辉虎踞龙蟠寓地灵

势短世长处事何须用势
仁厚人薄为人务要存仁

善为传家宝
忍是积德门

郑氏宗祠

积德前程大
存仁后步宽

俞氏宗祠

根深叶茂年年鲜花妍艳
源远流长岁月簪缨绵延

树木树人继承千秋大业
敬祖敬宗长存一片丹心

河润千里万世后裔承福泽
间开大厦德北嗣孙庇鸿恩

传家有道惟存厚
处事无奇称真诚

琴声清雅共赏
高山流水知音

杨氏宗祠

弘农世第千秋昌盛
清白家风万载流芳

家风东汉传廉洁
文笔六朝有盛名

三相家风传万代
四知四泽垂千秋

涂氏宗祠

和睦一家家声远
兴隆百世世泽长

傅氏宗祠

清河世泽源流远
岩野家风吉庆长

丘氏穆公祠

周封齐侯唤万世
姓丘鼻祖耀千秋

祖源营丘名扬四海
宗传后思誉满全球

中街刘氏宗祠

且喜先人传旧业
远期后裔焕新颜

继往开来仗义行仁扬祖德
承前启后修文练武耀宗功

饶氏宗祠

继先祖一脉真传克勤克俭
教子孙两行正业惟读惟耕

惜粮惜衣非为惜财厚惜福
求名求利但强求己莫求人

河田"俞氏宗祠"楹联

名宦①乡贤世第
高山流水②家风

【典故】①名宦指的是俞文漪等历朝官宦。②高山流水：典出春秋时期，楚国的音乐家、琴师俞伯牙出游，弹奏《高山流水》寻得知音樵夫钟子期的传奇典故。

河田潘屋"俞氏家祠"楹联

高山流水①家声远
云谷②星溪③世泽长

【典故】①高山流水：典出春秋时期楚国琴师俞伯牙寻得知音樵夫钟子期的故事。②云谷：南宋福建建宁人俞丰的名号，著名的教育家和诗人。③星溪：指俞靖，北宋安徽婺源韩村人，与著名理学家朱熹之父朱松等人结为"星溪十故"。"云谷星溪"即指俞丰和俞靖。

河田余氏家庙

四谏高风追旧德
三台佛器绍前徽。

【典故】庆历三年，范仲淹倡导新政，余靖、欧阳修、王素、蔡襄四名谏官是主力，出谋划策，称为"四谏"。靖公敢于直言，一身正气，历经仁宗、英宗两朝，拜工部尚书，封开国公，加柱国，赠刑部尚书，堪称名臣。古代的位列三台，指尚书、御史、谒者的总称。尚书为中台，御史为宪台，谒者为外台，合称"三台"。余氏祖先位列三台甚多。对联既彰显先祖的功绩，又昭示后代子孙在祖宗的德行荫庇下，树立"修身、齐家、治天下"的伟大抱负，学会"立身、处世、为人"。

下修坊丘氏宗祠

渭水家声远
河南世泽长
【释义】远祖姜太公垂钓于渭水，先祖源于河南南迁为客家人。

祖业重光辉煌壮丽
嗣孙祭祀春露秋霜（丘绍荣　撰联）

水西地灵三龙显威
山田人杰九凤呈祥（丘炜文　撰联）
【典故】水西坝、山田背分别为古今地名，"三龙"为先祖奇龙、梦龙、万龙三兄弟。

祖源淄博万载盛
宗传裔孙千世昌
【典故】丘姓源于山东淄博营邱。

龙腾虎跃诗书是本
万载兴隆勤俭为基（丘元堂　撰联）
【典故】万龙为先祖名字。

承前启后兴伟业
继往开来谱新章（丘炜文　撰联）

红中村宗祠

建祠覆旧业维山世诸千秋盛
成宇创新献苦水源流万代传

红山乡

红山乡宗祠

守祖宗一脉真传曰勤曰俭
教子孙二条正道惟读惟耕

天地间纲常最大
家庭内孝敬为先

南山镇

蔡屋村

远溯东汉文风古
昌期西山世泽长

开百世鸿基龙蟠虎踞
启千秋大厦凤起蛟腾

水秀山明风光好
竹苞松茂气象新

克勤克俭立峻业
且读且耕展鸿图

乾八卦坤八卦卦卦乾坤已定
鸾九声凤九声声声鸾凤和鸣

琴弦雅调情难尽
台阁新妆画不如

远行遥路力方倦
久坐幽亭趣正浓

古诗无灯凭月照
山门不锁带风云

谢屋村

寻根问祖始祖原始神农氏
继往开来受姓毋忘申伯公

水同源树同根氏同宗理当同心同德
脉相通络相连习相近本该相敬相亲

陈留伟业传千古
宝树辉光射九天

陈留同根源流远
宗亲芳给锦绣篇

万代昌盛
瑞满三春欢天喜地千般秀色
祥盈庙会盛世福人万种风情

谢屋村廖氏宗祠

崇德宗兴裕后光
兰之光景发其祥

朱坊村艾氏宗祠

祖功宗德流芳远
子孝孙贤世泽长

百代孝慈山仰泰
万年支派水东流

春露秋霜本支衍百世
萍毓藻洁俎豆祝千秋

半生戎马二品总镇扬四海
溪历明清双朝德泽衍千秋

陵邑新世第
泰安旧家风

祖功宗德延百世
左昭右穆子孙贤

朱坊村彭氏宗祠

宗功伟大传后久
祖德高神继世长

千秋鼎盛
衔国扬芳

严婆田村林氏宗祠

闽越家教当自振
安忠文德孰为乘

严婆田村祖祠

朱笛暮邻西山雨
画栋朝飞南浦云

大坑村

惠蕴久昌
孝友传家家声远
耕读继世世泽长

中复村

舞鹤飞鸿书启右军精笔法
高山流水调开东海赏琴韵

观光有志昭前列
寿丕宏开裕后程

颍水分支昌万世
川流源远盛千秋

显德浩浩源流远
宗功赫赫世泽长

高山栖凤起
颍水养蛟腾

观寿公祠/戴生晟　摄

塘背村

园胜祇树不立文字
华拈佛手教外别传

邓坊村

观寿源流世系存仁远大
赤兮分支接脉积德前程

洋背村

岸水香生芳凝池沼
远峰秀毓翠映屋堂

三洲镇

戴氏家庙（总祠）均钟公

风遗晋室将军第
业绍唐朝宰相家

著礼璨成编博士家风贻典则
解经连夺席侍中世泽衍箕裘

入奉明烟须念水源木本
出绳祖武勿忘春露秋霜

均善行仁人文蔚祀千秋盛
钟灵毓秀甲第联芳百世昌

祠建贤乡永守书香承著礼
系出谯国聿修厥德幕家宾

守恩勿忘勤读勤耕勤相勉
祖训谨记贵忠贵孝贵仁和

著礼振家场后光济美
谈经锦世泽今古扬芳

做人应仁义当先尽忠尽孝
处世宜诚信为本唯德唯贤

以德育人以诚诲人国兴旺
以理服人以理待人世文明

立德为先行止无愧天地
做人要正褒贬自有春秋

祖德宗功传万代
子贤孙孝衍千秋

戴氏永茂公祠

永似源泉流不尽，
茂如松柏岁长春

永言配命自求多福
茂林修竹长发其祥

黄氏宗祠茂清公

江夏本源传万古
杏塘支派衍千秋

春祀秋祭遵万古圣贤礼乐
左昭右穆序一家世代源流

茂才济世四俊蜚声绵世泽
清白传家五经垂训振家风

祖功垂福泽
宗德衍家声

科里蝉联进士屡登第一
文章彪炳神童夙孝无双

戴氏家庙三太房

读礼家声远
谈经世泽新

守祖宗一脉真传克勤克俭
教子孙两行正路唯读唯耕

春露秋霜当思德业由先泽
云燕霞蔚留得读书兴后人

祖功宗德流芳远
子孝孙贤世泽长

祖泽百年为礼乐
家风十世有箕裘

著礼传家光照万代
谈经夺席彩耀千秋

深本溯源不忘祖业德
设裳蒸食永思教子经

戴氏家祠贵诚公

两汉人文传二记
七闽俎豆焕三洲

贵行仁义事
诚存忠孝心

紫微启瑞
仰高鐟坚家世解经穷奥皎
云燕霞蔚林塘绕屋湛清华

戴氏宗祖惟常公

祠建贤乡永守书香成著礼
系出谯国聿修阙德幕家宾

祠宇维新依故址
礼经启后迪前光

惟行仁义事
常存忠孝心

壁峰别业

谈经远绍东西汉
注礼还承大小宗

簪缨继美
修经贵宗无忝作宾雅范
持身宜洁莫玷碎琴高风

解经不穷远绍书香门第
临财毋苟永怀清白传家

戴氏家庙双桥公

开基创业勤俭家风传万代
著礼谈经渊博学识教子孙

春露秋霜当思德业由先泽
云燕霞蔚留得读书与后人

光前裕后芳流百世
茂林修竹荫庇千秋

敬祖勿忘艰苦创业
教儿须导勤俭持家

似续三悠公馆

礼门早垂家法
义路直达天衢

咸熙祠

和风先及第
瑞气早盈门

礼乐传家国
诗书教子孙

鱼跃南溪月
鸢飞北海风

肖（萧）氏宗祠

名冠三杰
八叶名臣第
五经学士家

庆腾公祠

家承著礼书香古
绪缵谈经世泽长

黄氏家庙

江夏源流新世第
杏塘支派旧家声

俞氏家庙

缅吏醇儒芳型共仰
高山流水古调猷弹

谯国名家

家有礼经传世业
门来雅士访高人

黎照垂青双重公

双柑佐酒家风古
重席谈经世泽新

丘氏家庙

美擅东南光谱牒
芳传忠实振冠裳

温氏家庙

明代乌台歌盛德
唐朝刺史颂贤声

黄氏同春公风火屋

整齐严肃
和缓安详

西晋旧家声克勤克俭德为其后
南闽新世泽有耕有读实乃承先

金石其心芝兰其室
仁义为友道德为师

醉歌田舍酒
笑读古人书

琴涵六气妙于润
凤翔千仞极其游

黄氏宗祠大路背

美呈忠孝千秋鼎盛
清白传家万世隆昌

昭穆千秋重
蒸尝万古新

绪缵谈经——戴氏新屋下民居

谈经远绍东西汉
学礼还承大小宗

长龄公

长似苍穹为地久
龄如松柏冠古今

待人宽三分是福
处世让一步为高

三　洲

著礼传家光照万代
谈经夺席彩耀千秋

严己宽人扬中外
明德亲尼振古今

三洲戴氏祠堂（林发振　撰联）

德圣遗风，奕代诗书镌史册
簪缨本志，千枝孝悌赋春秋

【释义】德圣二公耕读诗书之遗风载入史册，代代相传。旗常公后裔的孝悌之风范与春秋同在。暗喻旗常公后裔传承发扬祖德宗功，人才辈出；同时，孝顺父母，友爱兄弟，仁义族人。

礼学世家，文章毓就千秋仕
三洲氏族，勤俭收成万顷田

【释义】取"书中自有颜如玉，书中自有黄金屋"之意。严谨治学，勤俭治家，自然能够奕代贤才，富贵永存。暗喻旗常公家族代代贤能迭出，子嗣富贵永存。

谱系昭昭，北宋六枝绵世泽
史彰炳炳，西江四士振家声

【释义】 勿忘祖德宗功，今天之家族兴旺，源自上祖的恩泽。暗喻戴氏家族子嗣远绵，声名远播。

四都镇

同仁村廖氏家庙

廖氏家庙
万石家声远
三州世泽长

同仁村陈氏公祠

元臣世第
理学家风

义德家风
十四世孝义同居至今第一
三千口人文蔚起亘古无双

悬榻高风
和睦义门训
悬榻仲举风

择地美同仁里俗
传家远有义门风

三千余口文章第
五百年来孝义家

脉衍江洲世泽长绵西汉
源探颍水家声永绍北海

家有二难昔日大邱应未远
庭悬一榻当年徐孺可重来

廉清颍水数世同居怨尤不宿
义著江洲一堂聚食亲逊可风

行数孝第九重天上书声贵
家传礼义千古人间姓字香

西汉鸿猷元臣世第
北溪骏望理学家风

大邱积厦家声远
关内留芳世泽长

红都村世昌公祠

秘书世第
好古家风

好古家风
诗书继世名耀祖
勤俭治家业光宗

子孙兴盛振兴中华前程似锦
祖宗功德允照千秋灿烂辉煌

红都村郑氏宗祠

十相三元门第
笺试箸礼人家

羊古岭村黄氏宗祠

步度家风
骏马一诗垂俊业
金龙双诰赐龙章

钦荣公祠

江夏源流新世弟
黄氏支脉旧家声

羊古岭村邓氏宗祠

东汉家声远
南阳世泽长

卫国元勋
什祖奠定汀州基业
甫公繁衍九州裔孙

渔溪村长森公祠

绩著三州风传万石
教崇北郭政播西安

新华村农户家

艺林挺秀

荣坑村敬德堂

族由丁水聚
谱自卯金传

溪口刘氏宗祠（刘宗富　撰联）

承先祖福德复兴鸢湖伟业
启裔孙宏图重振白竹雄风

宝岛回归台湾威名芳百世
功勋卓著五代皇恩传千秋
【典故】 为刘国轩而作。

鸢湖创业祖德崇隆家声远
白竹开基裔孙永绩世泽长

乌蛟塘家祠祖堂

风流郭社

红都赖氏宗祠

秘书世第
好古家风

圭田谢氏宗祠

德才安晋垂青史
诗礼永明竞风流
【释义】 上联：敬仰先祖安邦定国之德才，而后世孝子贤孙自勉；下联：文德武功，承袭先贤流风遗迹，继往开来，发扬光大。

汤屋村凝春晖

此处有崇山峻岭
其人重诗学力田

汤屋村民居

月来山上琴书净
灵握江干竹木湲

室有余香谢草郑兰宝贵树
家无长物唐诗晋字汉文章

渔溪村廖氏宗祠

紫气东来
万石宗风聊北郭
三洲文物接西安

上焦村刘氏宗祠

黎阁家声远
彭城世泽长

千支同本
万脉同源

追本溯源千秋思祖德
承前启后万代念宗功

汤氏宗祠

涂坊镇

涂氏宗祠

六世生公开万代
一鞭驱祟祀千秋

【典故】相传，汀州涂氏六世祖涂大郎迁居涂坊时，当地有用活人血祭社公的陋俗。为革除此俗，他与赖八郎前往骊山学法，临行前在"三佛祖师"（观音、定光、伏虎）神位前许愿：若能学成法术赶跑恶魔，解救众生，我们子孙后代将以千年古事万年花灯永祀祭典。两公学法途中克服重重困难，终得"包子仁"内功法术之精华，以马鞭将社魔赶走，保一方平安。

英气快当年撑天撼地
雄风披奕世挟社除氛

大禹娶涂山姻联王室
永嘉移江左绩著帝廷

系本涂山兴宋土
典修海国昭吴候

十州世第
五桂家风

【典故】上联典指北宋时涂倩，封朝列大夫，生九子一女，九子及女婿皆任知州，谓"十州第"；下联典指北宋时涂济生五子，俱登进士，时曰"五桂堂"。

涂坊村涂氏宗祠

溯源涂山派衍皖豫蜀鄂赣宗亲遍布四海
发祥丹水支分闽粤湘浙台子嗣绵延五洲

涂坊村

世事洞明创业守成绵世泽
腾龙奋发读书明理振家声

世泰光昌睦族敦亲皆一本
庸和大度成人达己自千秋

朝堂曲水丁财旺
殿后峰炉基业昌

红坊村

尊祖敬宗诚谨怀仁陈俎豆
光前裕后恭庄有礼荐馨香

祖德庭芳承丕显
宗功福荫绍书香

祖功宗德有亨泰
子孝孙贤多吉祥

开明宗祖规模远
睿智儿孙绍述长

涂坊围屋正门/陈子亮　摄

中华村丘氏宗祠

祖功宗德流芳远
子孝孙贤世泽长

赖坊村

慎终追远千年重
积厚流光百世兴

敦族言欢酬世德
奉先思孝序人伦

杉是良材宜作栋
厝居福地当流芳

香山世第，华洞家声
珍珠赠嫁，紫石刊书

河甫吴氏宗祠

祖德芬芳垂福泽
宗房卓荦衍家风

栖真笔洞
结社香山

精治生术
封武安君

马　屋

存义立身勤与俭
持仁处世信兼诚

图传来鹤
梦应成龙。

豢龙源流远
武陵世泽长

日射风平第
星交龙宇长

扁　岭

念创业之维艰，勿谓衣食有余，无妨怠惰
思守成而不易，即宜囊橐既饱，益积充盈

罗屋岗

不忘孝友为家政
还冀诗书著祖鞭

水源木本承先泽
春露秋霜展孝思

元　坑

百代孝慈山仰泰
万年支派水流东

以燕以翼宏堂构
孔惠孔时洁蒸尝

先代贻谋由德泽
后人继世冀孙谋

溪　源

金鼎焚香香结彩
银台秉烛烛生花

春露秋霜崇祀典
父慈子孝笃伦常

洋坑李氏宗祠

祖功宗德流芳远
子孝孙贤世泽长

洋　坑

祖泽百年惟礼乐
家风十世有箕裘

祖砚父田垂燕翼
阶兰庭桂肇鸿图

吴　坑

神至尊一诚可格
家常泰万福攸同

致孝思高曾以上
遵古礼宗庙为先

教孝教忠开世德
且耕且读振家声

丘　坑

谋烈远贻山石厚
苹蘩时荐水泉香

绳其祖武唯耕读
贻厥孙谋在俭勤

慈　坑

德洽群黎安衽席
法严三尺懔风霜

藉谈数典知有祖
富辰小忿不忘亲

吴　坑

敬恭诚则笃其庆
昭格明戴赐之光

泽及后裔典万古
姻怡乡党俎千秋

逐　口

聪听祖考之懿德
思贻父母以令名

惟籍葵忱修俎豆
敢凭明德荐馨香

童坊镇

红明村应举公祠（魏水湖　撰联）

忠贞唐宰相
理学宋文儒

胡岭村刘氏宗祠（胡瑗　公元 993-1059　撰联）

淮海家声起
苏湖世泽长

胡岭村胡氏祖庙（永定下洋）（胡安国　撰联）

祖业千秋远
儒冠百世芳

地据蛟潭胜
家传麟史风

举河村曾氏宗祠

东鲁文风古
南礼世泽长

文接南礼传圣道
招行汀郡继裔孙

龙坊村刘氏宗祠

彭水长流春江旖旎
城池永固祖德绵延

龙坊村张氏家庙

乔木发千枝岂非一本
长江流万派总是同源

清河鸿儒新世第
昊弘元老旧家声

青潭村曹坊祠堂

武惠家声远
文昭世泽长

弘扬仁爱古训
继承孝悌传统

祖功宗德流芳远
子孝孙贤世泽长

瑞霭呈祥
先辈隆恩腾龙赐福昌百世
后裔兴业策马扬鞭耀九州

祖德千秋
祖堂千秋浮瑞气
嗣裔万仪沐祥光

八斗才名千古壮
五车书库万年香

青潭村山下祠堂

延陵新世第
渤海旧家风

童坊村

南宋肇鸿基治水移山垂世泽
九州昭骏望揆文奋武振家声

溉蕙滋兰一弯绿水源流远
钟灵毓秀万叠青山气势凝

友直友谅友多闻
立言立功立竣德

水惟善下方成海
山不矜高自极天

开基南宋家业兴
世泽雁门福寿多

新畲村陈文玉祠

风高新世弟
义门振家声

耕田读书
一等人忠言孝子
二件事耕田读书

大埔村黄氏宗祠

淡泊以明志
宁静乃致远

大埔村邓氏宗祠

效公仪百忍精神
学圣贤克己功夫

大埔村曾氏宗祠

道德为师仁义为友
礼乐是悦诗书是敦

下坑村

慈孝友恭一堂吉庆
诗书礼乐满室荣华

东鲁文风古
南丰世泽长

彭坊村

任义为德
德扬今古万家祈
福奠河山千载春

福而有德无双老
正则为神第一尊

青潭村吴氏宗祠

渤海家声远
延陵世泽长

仰德家风
延陵新世第
渤海旧家风

青潭村郭氏宗祠

文学家声远
太原世泽长

汾阳世第
太原宗风

举河村黄氏祖祠

江水长流千里远
夏荫庇护一庭浓

青潭村罗氏宗祠

理学家声远
豫章世泽长

长坝村

长安美景燿柳岸
坝上训宦奏华章

举林村刘氏宗祠

腾蛟起凤

桃李千机锦
芝兰一室香

长春村

一亭连两山如凤展翅
两山嵌一亭似龙戏珠

水头美
东南西北传古典
春夏秋冬绘新图

铁长乡

张地村古屋

青山不墨千秋画
绿水无弦万古琴

洋坊村大夫第

宗传东鲁源流远
派衍南丰世泽长

洋坊村曾家祠堂

沂水春风

东鲁文风古
南丰世泽长

洋坊村村头碑

司马魁笔花吐艳
庇昌隆合坊升平

新桥镇

新桥村

文曲华章称泰斗
昌隆普庆点魁星

余陂村

求知识学海探宝累亦喜
追科学书山寻珍苦也甜

任屋村

呼儿早起勤耕种
教子迟睡夜读书

曲凹哩漂流/邱文珍 摄

任屋黎氏宗祠

仗节三奏远景之登楼有赋
簪缨奕世黎阳之信史堪传

牛岗村

书到疑处方成悟
文到穷时自有神

九龙新世第
双桂旧家风

忠孝有声天地老
古今无数子孙贤

金峰秀拥培双桂
鄞水环绕耀九龙

闽越家教当自派
安忠文德熟为承

淇水家声远
西河世泽长

新　　店

前人艰创大业江山增色
后辈奋攀科峰前程无量

石　　槽

承前祖德勤和俭
启后子孙读与耕

开百世鸿图龙蟠虎踞
建千秋大厦凤起蛟腾

松茂竹苞龙蟠云踞
兰芬桂馥人杰地灵

刘坊村

真学问从五论起
大文章自六经来

金玉郎光第
傅梅宰相家

刘坊宗祠

奉天政绩钦前代
闻地文章裕后昆

雪映玉人成好友
梅临金屋赞春魁

湖　　口

世泽常推耕读好
祖德最重德才高

三千几口能文第
一十二代孝义家

湖口黄氏宗祠

江水长流千里远
夏荫庇护一庭浓

三坑口谢氏宗祠

派衍东山祖泽高标晋代
系传宝斋宗风继起明世

樟　　树

大汉名儒推真伯
盛唐贤相有元忠

石　　人

龙蟠虎踞已得山川胜概
兰馨桂馥将舒宇宙精华

燕翼贻谋唐玉宏开绵世泽
鸿图啓兆奂轮济美庆新居

南北帝王天监江山九十载
汉唐丞相名高日月万千年

醴泉无源芝曹无根人贵自立
流水不腐户枢不蠹民生在勤

岗　头

存心当为子孝孙慈
举目共思祖功宗德

四声同谱新世第
三善名堂旧家风

文明家风先人创
昌盛业绩后代承

叶　屋

秀峰端拱高平地
活水长流志显家

理学新世第
良史旧家风

知来原不易
鉴往略能明

茜　陂

众志成城共建路庙
捐资绩德利于子孙

江　坊

振作那有闲时，少时壮时老年时，时时须努力
成名原非易事，家事国事天下事，事事要关心

瑞启八龙谋贻燕翼
门高驷马业肇鸿图

堂楷森严克绳祖武
天葩移发大启人文

栋宇维新松苍柏古
奂轮济美桂馥兰馨

宅拱山川四座风光绵世泽
庭环兰桂千秋声气起人文

绮阁金屏莺停鹄峙
华堂瑞绕虎踞龙蟠

江坊村理发店

除去一头暮色
迎来满面春风

宣成乡

畲心村祠堂

秉纲公祠

风绍曲江诞家祀
书传金銮耀予家

清河堂

清风吹拂千年咏春
河水奔流万里溯源

中畲村祠堂

颍川风范
高山流水宅
舞鹤飞鸿家

兰田村祠堂

一帆风顺
事业顺景长兴旺
家庭幸福永平安

下畲村祠堂

清白遗风
史传清白辉家秉
望重金华在御屏

下畲村民居

天下皆春长街喜看龙灯舞
人间改岁小院欣闻爆竹鸣

兔卧蓝田万里春风舒碧野
龙腾玉宇千家笑语乐新程

物华天宝欣闻禹域鸣雏凤
人杰地灵喜看神州起卧龙

八法龙蛇寻奥妙
万方翰墨出精微

杨成武将军故居/陈子亮　摄

羊牯乡

羊牯乡民居

平阳新世泽
振铎旧宗风

河水流长,源承一脉
间关林茂,繁衍四方

休言别族与宗族
但道吾翁和若翁

汝水观龙变
南山听凤鸣

对畔村陈氏山太公

义开新世第
文范旧家风

天开明镜永增福
日映衡门长焕新

户勤青山通云雾
门迎绿光达凤池

百坪村彭城堂

黎阁家声远
彭城世泽长

百坪村凹上宫

金山遗道范
莲座显慈容

羊牯村龙山下下只屋

绪振平阳
室后青山千仞陡
门前绿水一溪清

衍德务滋
乐室何须当孔道
居山亦自爱吾庐

周家地村

俯瞰如舟农家小苑英才辈出
门迎秀峰青山绿水人旺家兴

派衍濂溪流泽远
门垂细柳飏风高

官坑村

上承先祖行善事
下训子孙学贤人

金马玉堂碧石祖
乡贤名宦世臣家

诗书世泽长
绵延百世昌

濯田镇

龙田村

胸中云梦波澜阔
眼底沧浪宇宙宽

淑气和气光栋宇
芝兰玉树满庭阶

华堂翠幕春风至
绮阁金屏曙色开

桂殿花开香满座
兰宫春到瑞盈阶

奎壁光生云汉晓
芝兰香霭玉堂春

满院繁花红隐蝶
盈庭细柳绿藏莺

街上村

代代英豪承庇祖荫千年秀
昭昭日月沐泽琅琊百世昌

固始发祥绵世泽
中坊聚秀沐宗源

忠懿家声远
琅琊世泽长

同睦村

两代辞史威震八闽功勋卓著
九枝宗亲业创五浙世泽绵长

高山流水知音结宜人间赞美
舞鹤飞鸿妙笔生花史留芳名

连湖村

蓝田远携衣带绿
玉堂迳对雁峰青

连结硕果一株蕃衍
湖漾碧波万顷光辉

种传华夏皆吉庆
玉初蓝田用生辉

永巫村

世孙堂高历代多贤承祖训
武威望重传家有道起人文

慈孝有恭一堂吉庆
读书礼乐满室荣华

祖德文谟昭百代
家声世孙振千秋

南安村

千秋正业耕读为兴家上策
一脉真传谦和乃笃直良规

汝水衍宗支种玉田留玉树芝兰此日阶庭济济
程乡怀祖德校文诏赐文章气节当年史册彰彰

福田祖宗种
心地子孙耕

长兰村

后气蟠天地
仙灵亘古今

下洋村

叱咤风云古今颂
神威盖世天下传

雄风巨鹿除秦暴功昭日月
名扬汝水鼎楚威誉满乾坤

梅迳村

三千门内同居第
五百年前共造家

邺架书香昌延鹿洞绵客属
函光瑞气喜溢龙门衍宗亲

鸣开基业千秋盛
春厚颐承万载兴

珠价连成贵
祖恩愈海深

升平村

门迎紫气路得青云
田与厥福和睦久昌

才高鹦鹉赋春入凤凰楼
云霓笼甲第气运耀门庭

河东村

义门世第于今在
妫水家风自苜传

陈屋村

理则规箴裔敬奉
玉函宝历岁勤修

存德里仁千载著
本源颍水万川流

光前振起家声远
裕后留贻世泽长

信义清芬勉裔孙
仕公崇实扬祖德

继尧帝始祖诚敬清廉至德
承仲举太公孝忠道义家风

携手共探书山学海
齐心同建伟业丰功

寨头村

百世宏图龙蟠虎踞
千秋大厦凤舞蛟腾

堂构森严克绳祖武
天葩移发大启人文

上庙村

瑶树琼林清萃门第
金昆玉秀孝友家风

作宝卜兹光化里
承先宜广礼贤堂

东山村

周祠丽日开顺景百福骈臻
瑞堂祥光耀鸿图万事亨通

水口村

红叶题诗欣赠嫁
青梅煮酒庆于归

一世精神为华表
满堂血泪荐轩辕

坝　尾

黄河长江榕城汀州凤落濯田千年瑞
两晋三槐忠懿琅琊龙腾五洲万代昌

承天恩忠懿宗风光圣迹
纳地祥翠良脉衍展鸿才

继三槐珠树文光灿烂
承八闽白马武雎辉煌

延祖德重仁义天和当永继，
启后业勤耕读胜境常自开

巷头村

富在知足贵在知退
文必宗圣学必宗德

守东平王格言不外为善两字
遵司马氏家训只在积德一端

松木公椒木叔木木成林皆公叔
崇山宋岐山支山山叠出尽宗支

水头村

修其天爵
教以人伦

循乎天理
听其自然

海以能容始见大
天虽共戴不知高

濯田水头赖氏宗祠/戴生晟　摄

正德和谐庇嗣孙英才辈出
千秋鼎盛佑后裔世代荣华

濯田镇林（柴）八郎公祠石牌门楼楹联（林发振　撰联）

济南流芳
北国圣贤家声万代
南畿瓜瓞世泽千秋

【释义】上联指林氏上辈祖公多为朝廷贤才，下联为濯田祖宗功德流芳。柴林乃为河南商汤比干公后胄，经数百代迁徙，上千年繁衍，至长汀濯田成为望族。

笃庆衍派
荣公著绩镌铭史册
高祖开源颂礼诗书

【释义】笃庆堂林氏渊源深远，乃后周世宗后胄，族史辉煌，愿八郎公衍派远绵，贤能倍出。

为濯田林八郎公祠撰堂联（林发振　撰联）

济南十德丕声远
笃庆双贤奕世长

濯田泽被，蕃衍千支归一本
中堡嫡传，卜居万里总同源

蛟藏南国，龙腾北国，三代君王镌史册
瓜祭河田，瓞衍濯田，两支鸿雁赋春秋

祖德宗功，显奕代忠贞本质
兰孙桂子，垂千秋孝悌遗风

慎终追远，春露秋霜，蒸尝俎豆
积厚流光，族支脉叶，绵亘簪缨

克勤克俭，爵禄丁银齐纳宇
惟读惟耕，诗书礼乐尽修心

客家母亲像

附录：长汀县文化节点楹联征稿获奖作品

长汀县文化景观节点楹联征稿活动是"2018长汀县国家历史文化名城保护日"系列活动之一，旨在传承中华优秀传统文化，提升长汀历史文化名城的文化品位和内涵。活动深受社会各界广泛欢迎，全国各地楹联爱好者踊跃参加，共征集到25个省、直辖市、自治区、特别行政区368位作者应征的对联1710副。经过公平公正评选，评出获奖作品50副，其中一等奖3名，二等奖5名，三等奖10名，优秀奖31名。

现将获奖作品全部刊登，以飨读者。

丁屋岭吊脚楼／阿澜 摄

一等奖（3名）：

　　八面起春风，跑马楼笑语满堂，看金榜题名，洞房燃烛，麟凤啼新，鬓鬟绾壮，或灶立莺迁，节觞寿酒，热腾腾紫气蔚蒸，国逢盛世家逢喜

　　四时开馆牗，飞鸿路锦程万里，愿银天振翮，溟海履波，山川无阻，雨雪莫羁，更巢宁族睦，幼懋老安，红火火丹霞舒卷，人遂初心梦遂圆

　　　　吕可夫（湖南省长沙市，八喜馆联）

　　点翰舒笺，萤窗雪案鞭先著
　　亲师讲道，桂魄蟾辉志应酬
　　　　孙起（内蒙古自治区赤峰市，卧龙书院联）

　　只道南珠去复还，还于善吏廉，去则贪人酷
　　尝言薰惠生而密，密者清流润，生之异质芳
　　　　周志刚（贵州省德江县，南熏亭牌楼联）

汀江岸边/胡晓钢　摄

二等奖（5名）：

理学遐传，振铎兴庠，一脉人文开气象
儒风蔚起，卧龙栖凤，千秋国器壮汀州
吴继强（河南省光山县，卧龙书院联）

怀英雄胆，民族魂，心系黎元，情牵海峤
秉卫国才，靖边略，名标史简，福荫人寰
林小然（广西岑溪市，总兵府联）

岁月几轮回，览千年客府河山，春还秀丽秋还俏
风华谁诉说，听一曲汀江颂祝，民也安康国也昌
钟宇（江西省瑞金市，济川门联）

推窗江水入，一点渔灯归柳岸
倚阁鸟声闲，几行鸥影乱芦花
戴炳南（福建省长汀县，朝天门联）

千载杏坛，自邹鲁发祥，分香宇内
一方书院，于汀州立派，入主闽西
杜向明（河北省涿鹿县，卧龙书院联）

三等奖（10名）：

文山御敌，文达把杯，回首忆先贤，一座城门藏故事
碧柳笼烟，碧江如带，登楼观胜概，千年画卷驻韶华
刘红波（广西岑溪市，济川门联）

济深德广，大矣其门，日丽风和临碧水
川漾山巍，雄哉此郡，云骧玉阙接蓝天
邱明（福建省龙岩市，济川门联）

南漾薰风，霞光万缕，山水飞歌千载韵
亭开瑞象，花雨九天，人文焕彩一城春
李孝荣（湖北省天门市，南熏亭牌楼联）

安民保境，剑气任飞扬，从军岂顾生和死
靖海护台，汀州曾啸傲，入府当思勇与忠
杨新立（山西省永济市，总兵府联）

临水溯长汀，清流远，文蕴深，龙脉回盘栖凤地
登城观大象，惠政通，和风畅，柳烟不锁济川门
祁春新（湖北省汉川市，济川门联）

统领一方，兵戈不动山川德
恩威万里，日月长悬天地心
成小诚（广东省深圳市，总兵府联）

济川门／张平　摄

取义捐躯惊日月，丰碑不朽
盘膝饮弹壮山河，豪气永存
岳允富（福建省龙岩市，瞿秋白纪念碑联）

满腹诗书，楼头莫负汀江月
两肩家国，心底常掀翰海潮
吴进文（安徽省马鞍山市，藏书阁联）

寻梦客家，千秋民俗一楼里
放歌盛世，百载人生八喜中
吴传峰（福建省福州市，八喜馆联）

庭院重光，一脉汀江通泗水
风骚继起，千年学府仰尼山
李瑞河（江西省九江市，卧龙书院联）

优秀奖（31名）：

据闽西以镇海西，万里波涛皆在眼
居臣下而怀天下，九州风雨总关心
陈亮（四川省内江市，总兵府联）

门内纳沧桑，拾级寻来，有十里老墙，千年风雨
城中开气象，登楼望去，恰一江春色，百万人家
葛永红（河南省扶沟县，济川门联）

强兵而不穷兵，和平有幸
备战方能止战，家国无虞
张儒刚（河北省曲阳县，总兵府联）

诗礼重兴,弦曲伴涛声,一江活水通洙泗
人文蔚起,奎光辉月色,四面青山卧虎龙
葛永红（河南省扶沟县,卧龙书院联）

书院卧龙,承朱子遗风,一脉人文光射斗
园林栖凤,鸣汀州雅韵,千秋哲理树飞花
翁景星（福建省将乐县,卧龙书院联）

千载府衙巍立,越风雨经年,布阵调兵居要塞
八闽声誉远扬,仰将官历任,竭忠尽责振雄威
曾春辉（广东省东莞市,总兵府联）

书院毓英,治学长教雏翅举
黉门传道,兴邦敢让卧龙腾
岳允富（福建省龙岩市,卧龙书院联）

八闽名郡,蔚祥和以举鸿仪,昭古人文璀璨
三省要冲,掌锁钥而图豹变,演新时代风流
李来栓（河南省卢氏县,西外街牌楼联）

卧龙耸亘,院以山名,鹿洞鹅湖堪大雅
汀芷芬芳,馨因德盛,凤池麟阁育英才
邱明（福建省龙岩市,卧龙书院联）

碧带江流,春风汀水三千里
绿杨烟锁,盛世州城十万家
张贵祥（山东省单县,济川门联）

兵势每无常,自古神州须管领
海疆长不静,从来武备重东南
卢象贤（江西省九江市,总兵府联）

苍山腾瑞象，形胜千秋，尽揽收东来紫气。小康画卷
玉洞辟新天，人文一脉，再激扬北斗鸿篇。故郡风流
翟红本（河南省鲁山县，苍玉洞牌楼联）

道脉贯千秋，薪火绵延，翰墨飘香凝岁月
儒风滋百里，人文荟萃，诗书焕彩染烟霞
苏雪峰（河北省唐山市，卧龙书院联）

地灵人杰，展一派生机，放眼江城，邀春共赏
市旺街隆，汇八方贾客，淘金商海，携梦同行
刘艳（山东省济宁市，西外街牌楼联）

青竹几丛留月色
泠泉一曲浣书香
郑瑞霞（河南省新密市，卧龙书院联）

四合筑文明，又迎珠履三千客
八闽披锦绣，还看雕花第一楼
庞春林（江苏省启东市，大夫第联）

大夫第大门／杨笔　摄

添丁欣洗三朝，拜节渐成人，转眼洞房花烛夜
介寿还祈五福，乔迁新立灶，晋身金榜提名时
冯国喜（湖南省祁阳县，八喜馆联）

汀水千秋，龙脉长传洙泗韵
儒风一派，凤麟迭出栋梁材
张贵祥（山东省单县，卧龙书院联）

往事如风，把一片乡愁，吹回梦里
前程似锦，将满堂喜气，绣在心头
文会鹏（湖南省桃源县，八喜馆联）

习习薰风自禹甸吹来，可净民心，可淳民俗
悠悠古韵于汀州蔚起，宜抒诗意，宜引诗情
黄纯南（陕西省西安市，南熏亭牌楼联）

龙卧龙腾，书院吟风传雅韵
云舒云卷，汀江延脉起文澜
吴进文（安徽省马鞍山市，卧龙书院联）

浩月邀来，儒客三千谁会意，文章自得
溪云散去，幽禽一树独知音，诗韵天成
戴炳南（福建省长汀县，云骧风月联）

鄞水出龙门，经百折波涛，通粤北
汀城屹胜地，历千年风雨，镇闽西
郑海峰（福建省长汀县，济川门联）

济世万民，身在他乡仍是客
川程千里，心安此处便为家
曾庆恩（福建省长汀县，济川门联）

山光积翠如苍玉
洞府流霞映碧溪
周方忠（浙江省诸暨市，苍玉洞牌楼联）

任万变军情，我自运筹股掌中，总兵岂可单凭勇
若一出将令，吾当决胜笑谈里，良帅怎能没有谋
田鑫（河北省怀安县，总兵府联）

广储文华，千古文光腾万丈
精修学业，十门学子中三元
刘志刚（甘肃省崇信县，三元阁联）

山不在高，水不在深，厅堂不在宽奢，万卷诗书增富丽
名皆关道，功皆关国，事业皆关忧乐，一门忠义誉春秋
陈创（广东省佛山市，大夫第联）

三千烟柳，十万人家，倚碧泛汀州，风物尝怀文信国
两岸箫声，一川渔火，吹红沉夜色，湖山犹念纪春帆
赵继杰（江西省南昌市，济川门联）

车往人来，千古繁华门里过
日升月落，一天光彩水中流
何永哲（江西省九江市，济川门联）

跑马楼中，一步一春春浩浩
卧龙山下，八闽八喜喜连连
徐俊杰（江苏省海门市，八喜馆联）

后 记

　　《联韵汀州》是《古韵汀州旅游文化丛书》之一，重点收录了散布在长汀城乡风景名胜区、庙宇楼阁、宗祠民居等地具有代表性的楹联1100多副。

　　为挖掘、保留、传承长汀优秀传统文化，让读者比较全面地了解长汀楹联创作概貌，领略长汀的人文地理和历史现状，长汀县文联历时两年，走访了长汀的山山水水，同时向十八个乡镇及各有关部门征稿，得到了社会各界广泛支持与帮助。经过多次召开改稿会，征求多方意见，不断补充完善，精益求精，最终将本书呈现给读者。

　　本书共分风景名胜楹联、庙宇楹联、宗祠民居楹联三个部分，长汀县文化节点楹联征稿获奖作品作为附录收录。这些楹联大多来自民间，体现了敦宗穆族、艰苦创业、崇文尚武、耕读传家的客家精神。这些楹联中不少是当地百姓的创作，一些未必符合联律要求，但本着尊重历史的原则，编选时予以录用，也是客观地展现长汀最基层的楹联文化现状。

　　在此，特别感谢著名乡贤北京闽西革命老区建设促进会会长、"两弹一星"历史研究会资深顾问、厦门大学北京校友会名誉会长、中国卫星控制中心原副司令上官世盘将军为本书作序；感谢摄影家们为本书提供精美的图片；感谢各乡镇领导和所有参与搜集整理工作的联络员、楹联专家。

　　本书在编辑过程中，参考了"联话"体创始人梁章钜《楹联丛话系列》，徐文辉主编《长汀民间楹联选》及《中华对联》《详说对联》《对联修辞学》等书目，也在此表示诚挚的谢意！由于时间仓促，经验不足，书中难免有不尽人意之处，敬请大家谅解并提出宝贵意见。

编　者

2019年8月